深夜食堂

シンヤショクドウ

22

安倍夜郎

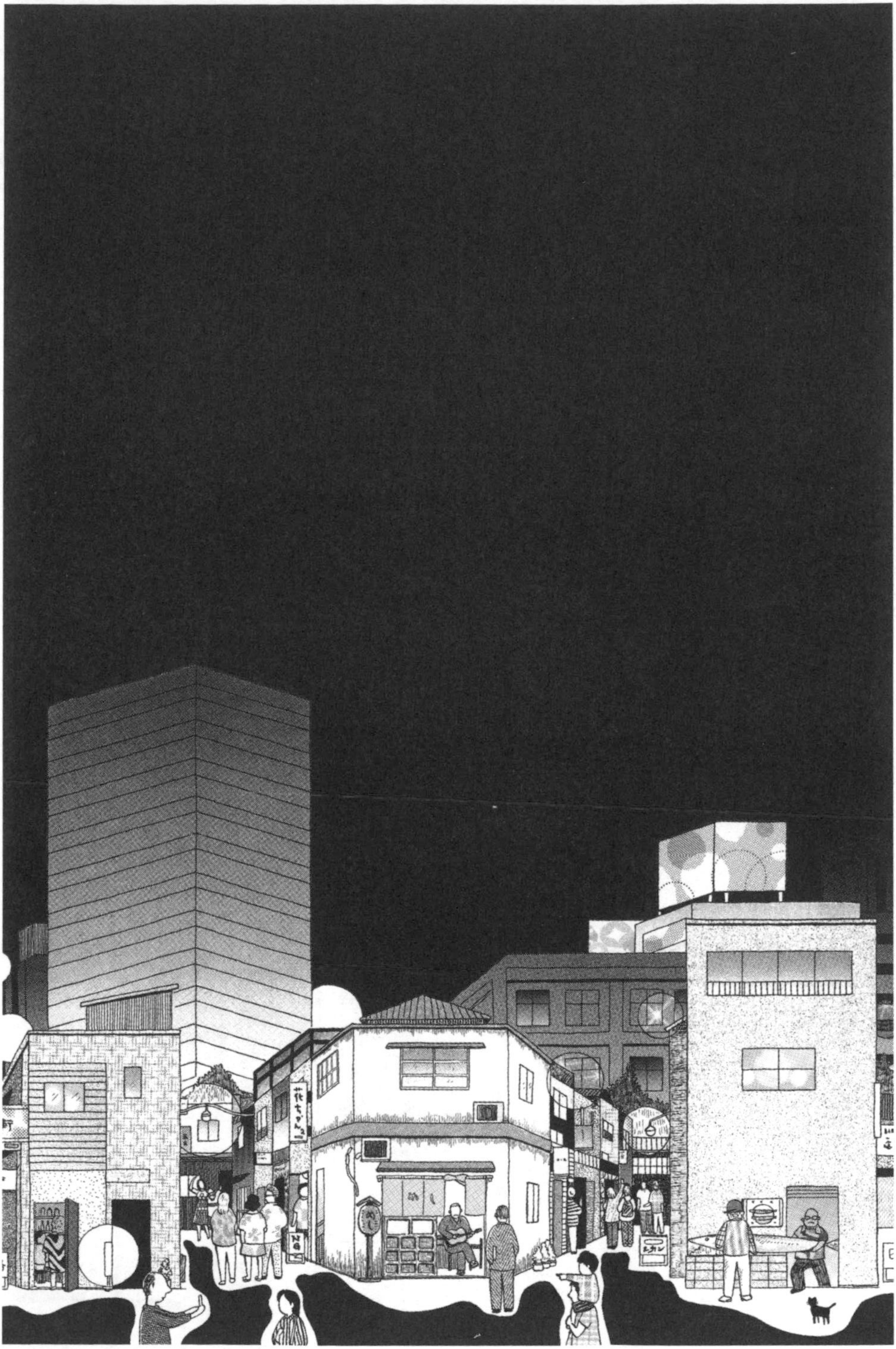
花ちゃん2

菜單

凌晨兩點

第296夜◎乾咖哩與福神漬

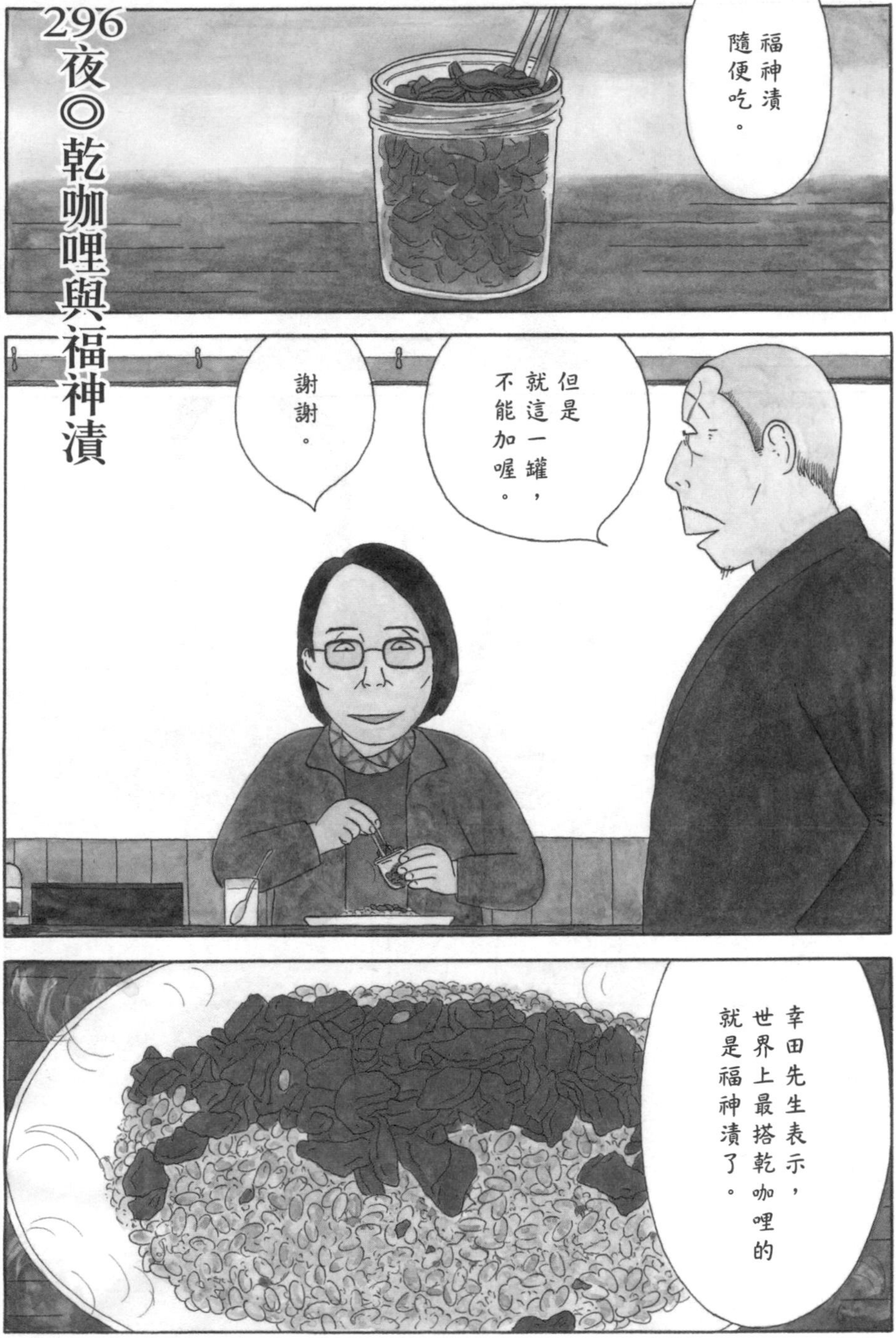
福神漬隨便吃。
但是就這一罐，不能加喔。
謝謝。
幸田先生表示，世界上最搭乾咖哩的就是福神漬了。

幸田先生。
職業是吉他手和舞台音樂家。他會作曲，以前當歌手曾經一炮而紅。
♪
幸田先生不知道是來吃乾咖哩，還是來吃福神漬的啊。
當然是乾咖哩。光是福神漬吃不飽啊。
不過啊，因為乾咖哩，福神漬才好吃，但也因為有了福神漬，乾咖哩才好吃啊。

就在此時，幸田先生的手機響了。
喂……？嗯嗯，我過得很好啊。咦？……
嗯……我知道了。再見。
發生什麼事了嗎？
是不破……，我以前的搭檔打來的。
〈不幸的女人〉的Unhapp-iness嗎？
不破的「不」和幸田的「幸」。「不幸」＝Unhappiness。
在昭和時代末期，以一首〈不幸的女人〉大紅大紫的二人組。

他下星期要來東京，說一起吃個飯。他說是從認識的製作人那裡問到我的電話號碼的……
你搭檔現在在做什麼啊。
他好像在青森開小酒館。他太太是青森人。
〈不幸的女人〉大紅特紅，周圍的人極力吹捧，主唱不破先生態度就傲慢起來。他對酬勞跟行程都有意見，沉迷酒色賭博，連演出都缺席了。後來再也沒有暢銷的曲子，兩人最後不歡而散。
那傢伙自己獨唱了一陣子，後來倒了嗓子，曾經來跟我借過一次錢。之後就再也沒見過了……已經二十多年了……
♪遇見了不幸的女人……動輒流淚傲嬌逞強跟我分手的女友很像……

這首歌，真是懷念金曲啊……
作詞：不破亮介，作曲：幸田次郎。
Unhappiness唯一的暢銷曲。是我作的曲子中最受歡迎的。
啊……真不想見他。
非常傲慢，總是瞧不起我。
我最討厭不破了……
次週——
めし
次郎，常常去那種酒吧嗎？

偶爾啦。亮介不是喜歡年輕女郎嗎？
但是，有錢的你比較受歡迎吧。因為你是大作曲家啊。
呵，當然不討厭啊。
愛你喔
Oh Oh Oh
最近的歌都是不跳舞就不能唱的。我家的小鬼最近也是成天跳舞。
你有孩子啊？
有個兒子……
既中二，又自以為是。看見我連話也不說。

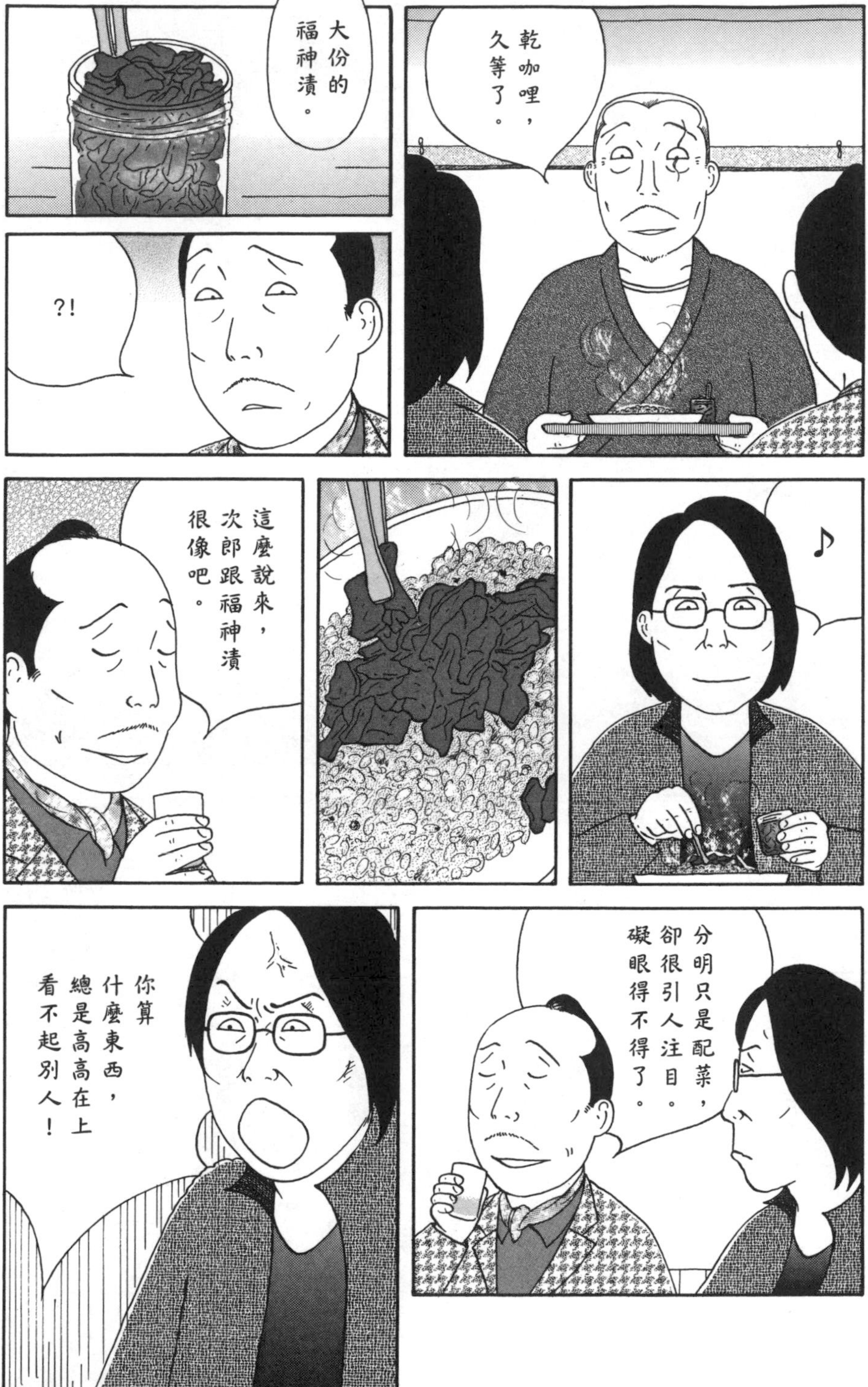
乾咖哩，久等了。
大份的福神漬。
?!
♪
這麼說來，次郎跟福神漬很像吧。
分明只是配菜，卻很引人注目。礙眼得不得了。
你算什麼東西，總是高高在上看不起別人！

分明是個唱不下去的落魄歌手！
你這傢伙胡說什麼，你再說一遍！
喂，要吵架就到外面去。
不破先生在桌上扔下萬元大鈔就離開了。
我跟不破總是變成這樣……
我們不會再見面了吧。

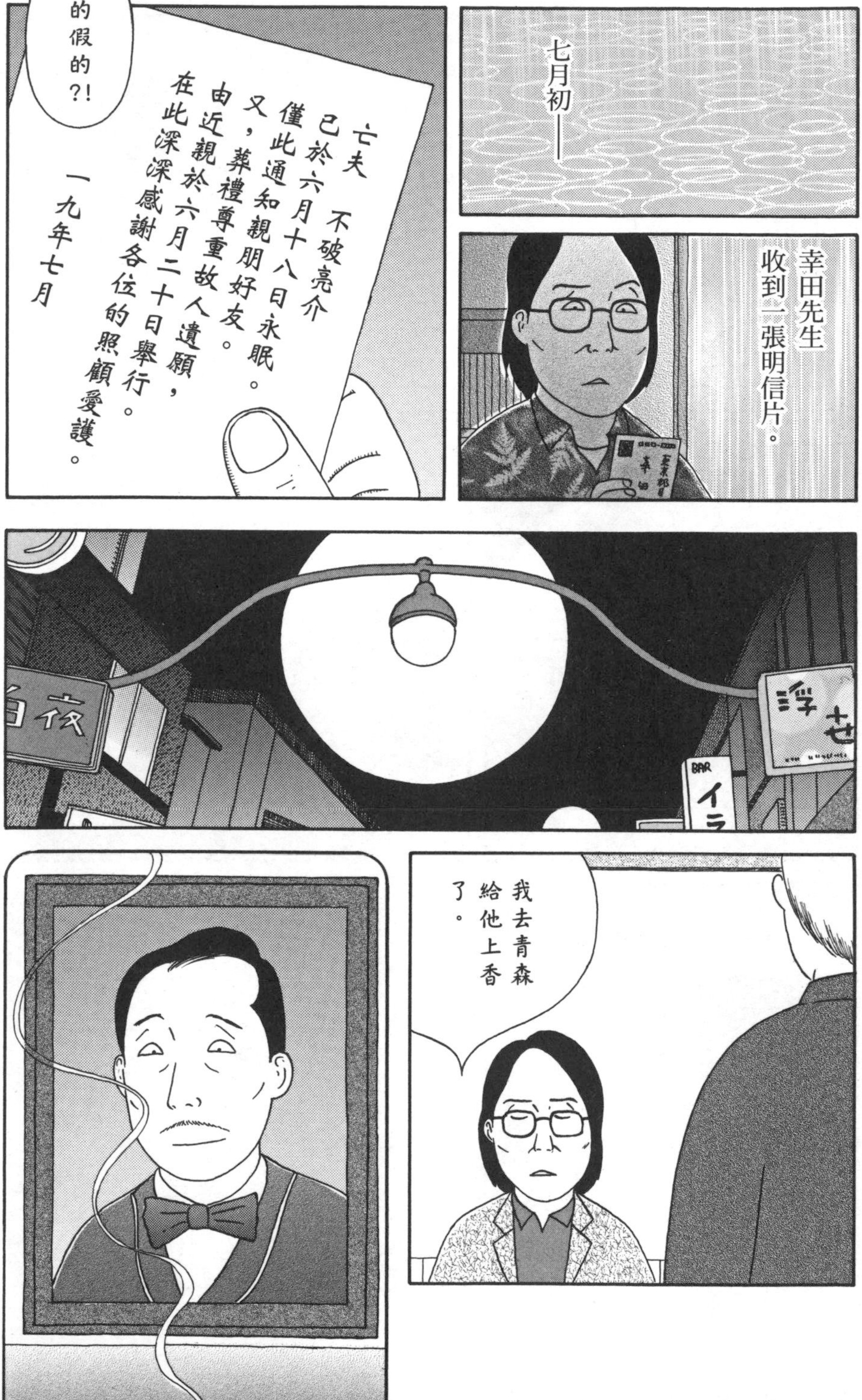
七月初——
幸田先生收到一張明信片。
亡夫 不破亮介
已於六月十八日永眠。
僅此通知親朋好友。
又，葬禮尊重故人遺願，
由近親於六月二十日舉行。
在此深深感謝各位的照顧愛護。
一九年七月
真的假的?!
BAR
我去青森給他上香了。

發現得了胰臟癌，命不久長之後，那個人就說要留點東西給兒子亮一，開始寫歌詞了……
不破三月的時候出院，帶著歌詞到東京來，打算交給我譜曲……
我根本沒聽他說，不破根本沒告訴我……
不破先生寫好歌詞的時候，曾跟太太說過——
怎麼樣？我想拜託次郎譜曲。次郎的曲子，最適合我的歌詞了。
幸田先生，一面流淚一面吃著乾咖哩。
混帳東西。

第297夜◎醬燒漢堡排

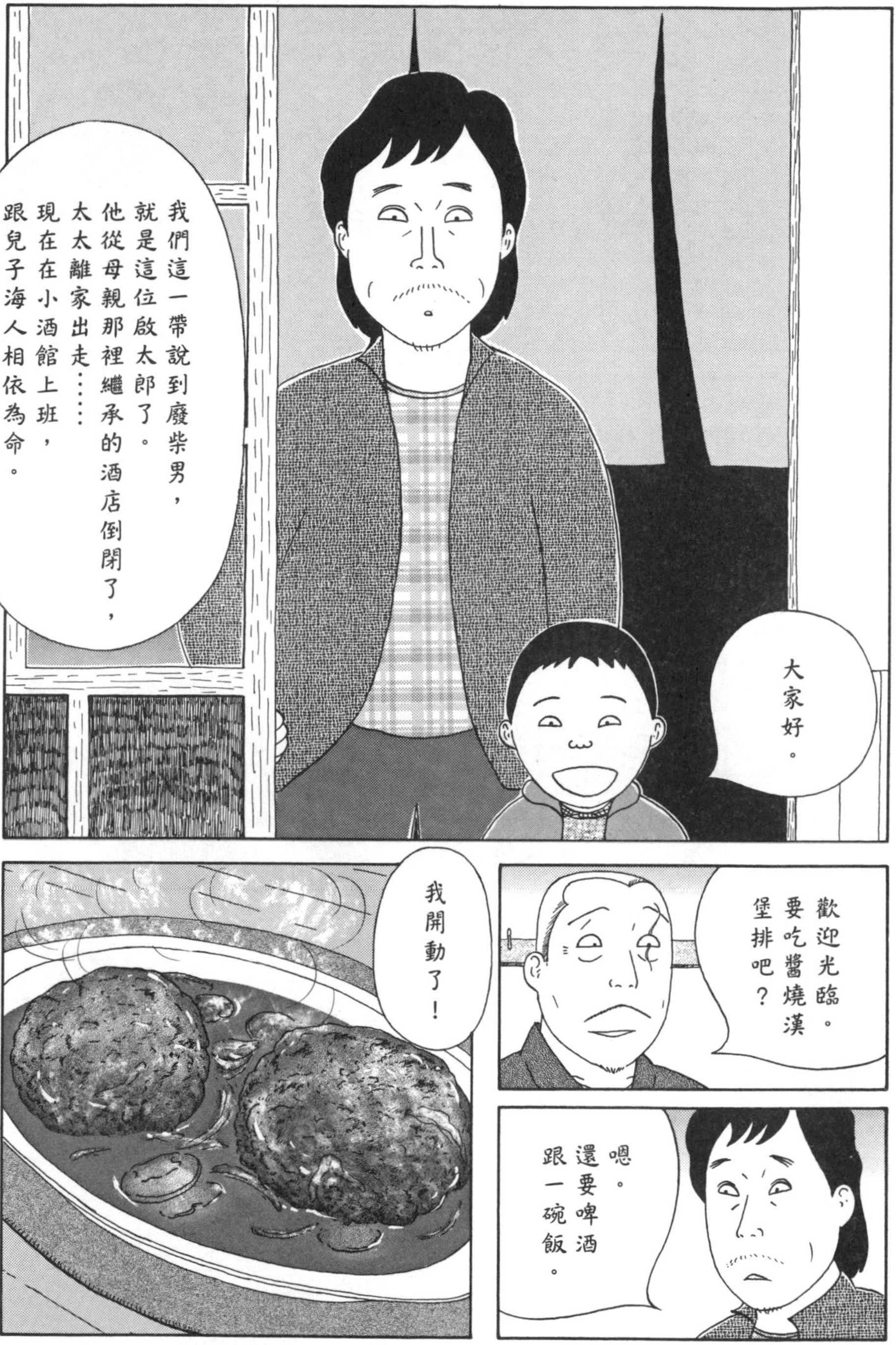
大家好。
我們這一帶說到廢柴男，就是這位啟太郎了。他從母親那裡繼承的酒店倒閉了，太太離家出走……現在在小酒館上班，跟兒子海人相依為命。
歡迎光臨。要吃醬燒漢堡排吧？
嗯。還要啤酒跟一碗飯。
我開動了！

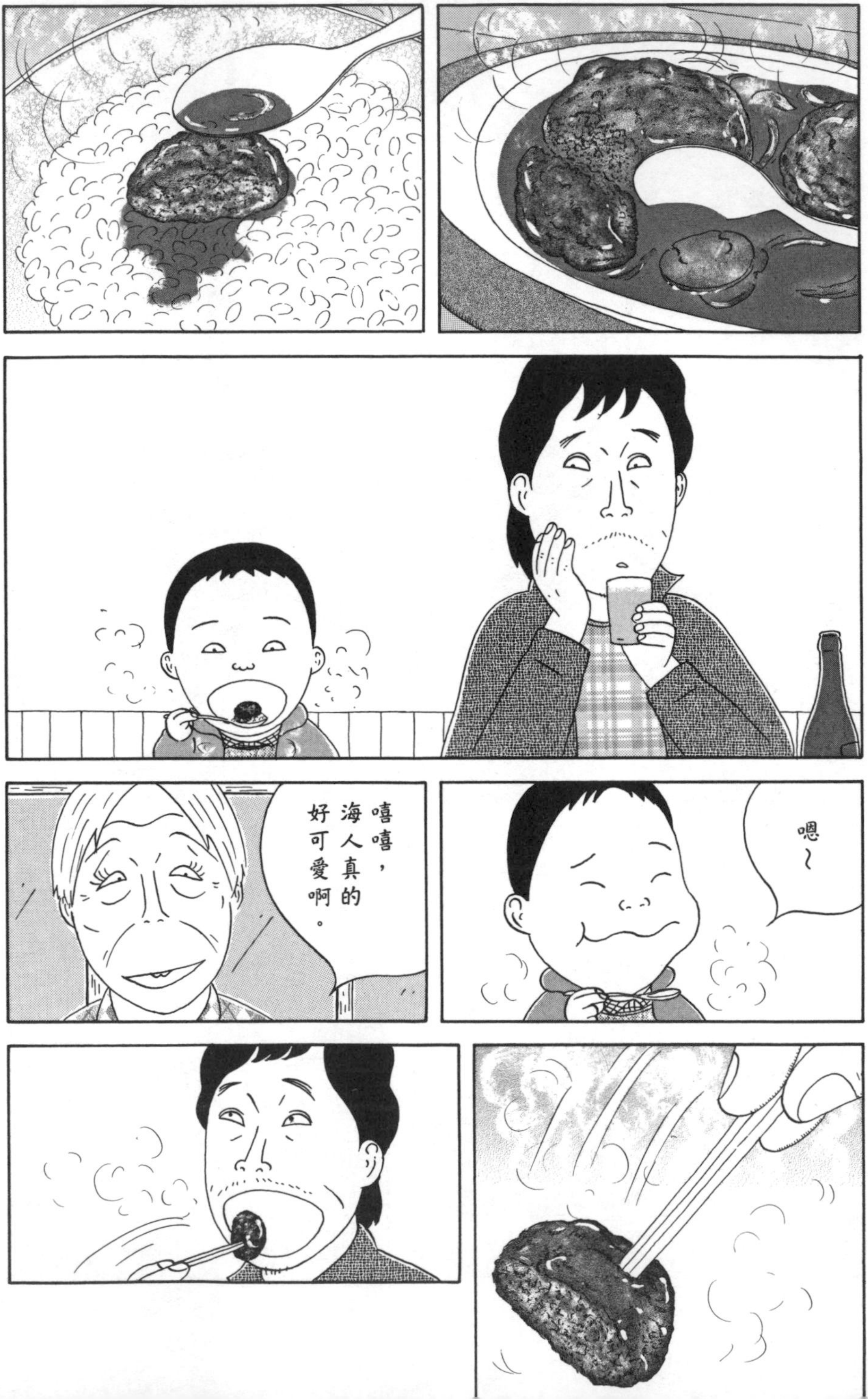
嗯～
嘻嘻，海人真的好可愛啊。

嗯～
啊！
你在幹什麼啊，啟太郎！
還有一個啊，有什麼關係。
真是的……海人，來吃玉子燒吧。
哇，謝謝小壽壽桑。
不好意思啊，小壽壽桑。
我沒說要給你吃！
哎？有什麼關係。
電視劇的製作人日坂先生看著他們這樣一來一往。

你是叫海人吧。要不要參加電視劇的試鏡啊？
咦?!
?!
媽媽！
海人從兩百幾十個試鏡者中脫穎而出。
我看到囉，海人，太棒了！
我也看了！還哭了。
呼
呼
評價很高啊，帶著海人到哪裡都很受歡迎。

最近好像帶著海人到處混吃混喝啊。
啟太郎！你在幹什麼，你是爸爸耶。
因為大家都很高興啊，對吧，海人？
……
攪
啊，啟太郎！
電視劇繼續播出，海人的人氣高漲，好像還簽了廣告合約。啟太郎完全丟下工作，搖身一變成了星爸。
真是的，啟太郎也太離譜了。
發生了什麼事？

昨天他和演藝公司的人一起來我的酒吧，炫耀海人的合約刺探對方。
想跟海人簽約的，可不只你們一家啊。
有什麼條件嗎？
當然要先看簽約金啊。
真是，啟太郎這傢伙……
喀啦
說曹操曹操到……怎麼啦？
海人被帶走了……

我喝醉了，神智不清的時候，惠美來把他帶走了。
惠美就是拋棄你跟海人離家出走的前妻？
海人就默默地跟她走了？
海人，過來！
掰掰……啟太郎。
老闆，給我酒。

混帳東西，都是你自己不振作。
嗯——
海人現在紅了，那個女人就捨不得了。真是的，打算把海人當搖錢樹，跟你一樣！
海人走了之後，啟太郎更加頹廢。在男人看來就是個沒用的東西，但有些女人會覺得沒辦法不關心他。所以他就一下子跟這個，一下子跟那個，四處逢緣。但是看起來一點都不開心。然後有一天……
喏，阿啟，今天住我那裡吧？
嗯。
那時電視上播放了海人的廣告。
爸爸，感冒快點好喔。

……
海人……
海人……嗚嗚嗚嗚
第二天製作人日坂先生說了。
不久之前我在攝影棚看見海人，他無精打采……強顏歡笑看著讓人心疼。啟太郎先生的風評雖然不怎麼樣，但他媽媽和現在的先生也有各種傳言。他們對海人不太好吧……

我回來了。
海人?!
啟太郎！
海人嗚嗚嗚
無精打采的海人接不到工作，他媽媽就把他送回來了。真是不像話。
醬燒漢堡排，久等啦。
啟太郎，要吃一個嗎？
不用了，全部都給海人吃。
不能再放手啦，啟太郎。為了海人，也要振作喔。

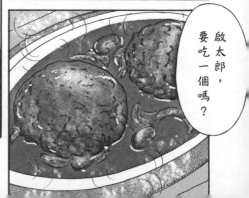

第 298 夜◎關東煮的馬鈴薯

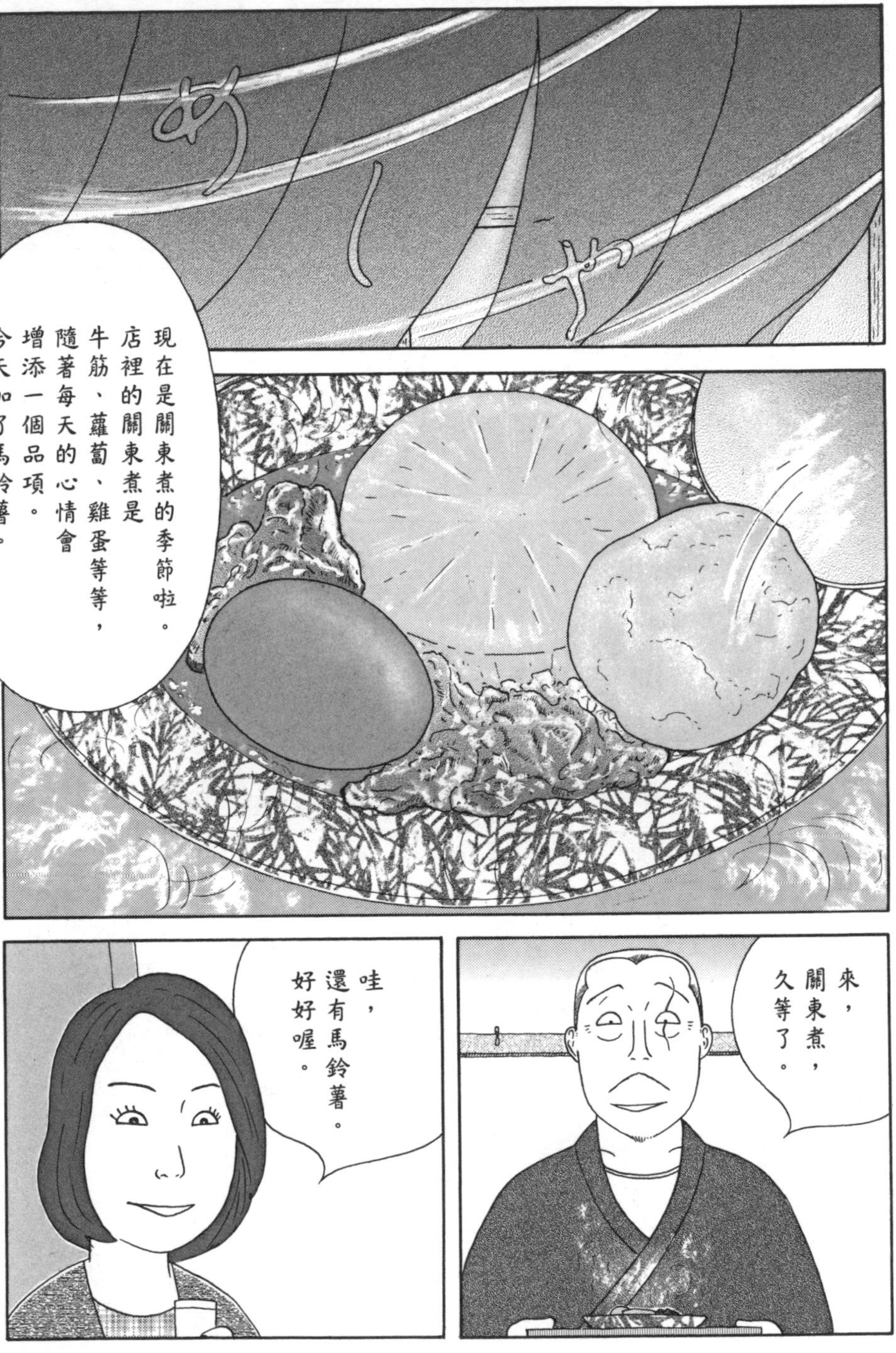
めしや
現在是關東煮的季節啦。店裡的關東煮是牛筋、蘿蔔、雞蛋等等，隨著每天的心情會增添一個品項。今天加了馬鈴薯。
來，關東煮，久等了。
哇，還有馬鈴薯。好好喔。

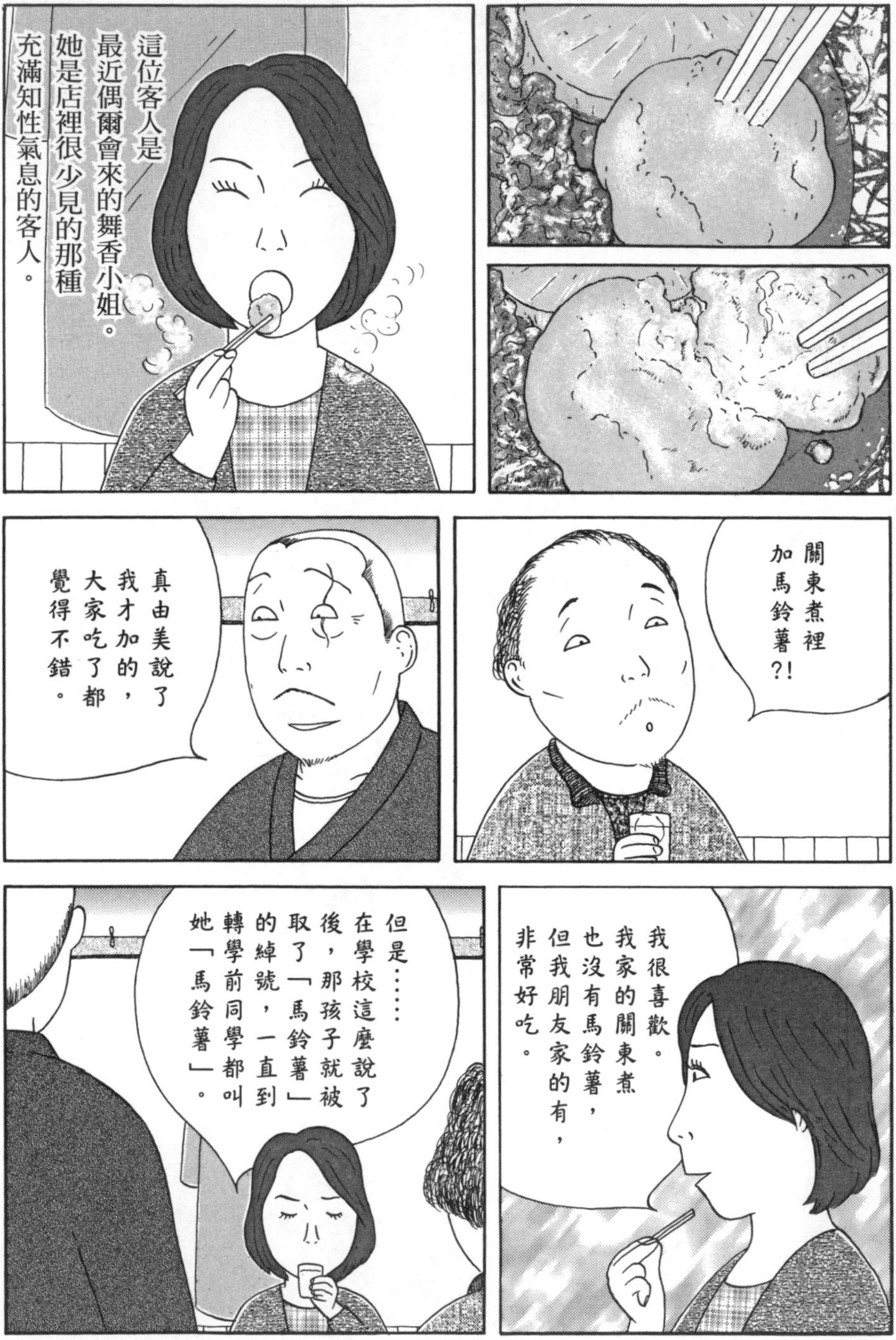

這位客人是最近偶爾會來的舞香小姐。
她是店裡很少見的那種充滿知性氣息的客人。
關東煮裡加馬鈴薯?!
真由美說了我才加的，大家吃了都覺得不錯。
我很喜歡。我家的關東煮也沒有馬鈴薯，但我朋友家的有，非常好吃。
但是……在學校這麼說了後，那孩子就被取了「馬鈴薯」的綽號，一直到轉學前同學都叫她「馬鈴薯」。

小孩子會拿些無聊的事情開玩笑啊。
每次吃到關東煮的馬鈴薯，我就會想起那個朋友，覺得是我害了她。
這樣啊。
妳不是壞心眼才說的呀，不必放在心上啊。
現在後悔已經來不及了。
喀啦
歡迎光臨。好難得啊，兩個人一起來。
硬漢先生！
進來的是硬漢犬木先生和勃起田中，他們是色情片演員的師徒關係。
很久沒有一起拍片了。

硬漢先生，《女醫師藤代舞香》真讓人熱血沸騰。
好像非常賣座呢。女醫師這片是相隔許久的熱賣作品啦。
藤代舞香好像也夠風騷的。
不好意思，藤代舞香，是做什麼工作的？
?!
那種女人，普通的男人搞不定的。
是人氣迅速攀升的AV女優喔。四十來歲，聽說離了三次婚。
這樣啊……

舞香小姐，您貴姓？
我姓藤代。
藤代舞香?!
我是醫生。
女醫師藤代舞香？
真人啊！
怪不得最近我只要說出名字，男人的眼光就變得很奇怪。
「女醫師藤代舞香」為什麼……怎麼辦呢……
她最近常常出現啊……
大木先生，這種事能不能想點辦法？

因為是藝名啊。嗯……我認識她經紀公司的老闆，我去問問看。不過不確定能不能處理。
拜託您了。
竟然會這麼巧。太神奇了。
一星期後，大木先生帶來一位非常妖豔的女性。
めし
好好吃。

一直看著她的常客堀江先生突然——
那、那個……您是藤代舞香小姐吧。我、我是您的忠實粉絲，可以跟您握手嗎？
《女醫師藤代舞香》真是太棒了！
好高興！謝謝你。
就在此時，舞香小姐面色凝重地進來了。
喀啦
歡迎光臨。
看來大木先生似乎跟舞香小姐約好了在這裡碰面。
舞香，好久不見！
?!
是我啊，熊田真衣香。我們是小學同學，就是馬鈴薯……
真衣香?!

AV女優藤代舞香，也就是熊田真衣香小姐，就是女醫生舞香小姐的小學同學，讓她吃關東煮馬鈴薯的那位。
真的是真衣香嗎？嘴角的痣是一樣的……
那個時候我很胖啊。
爸媽離婚，我轉學之後，就瘦下來了。然後我用第二任老公給的贍養費整了容。
對不起，我沒想到事情會變成這樣。
我會改藝名的。真的對不起。
真衣香……
我們小學三年級的時候同班呢。
對啊。

熊田同學，我們的名字發音一樣1呢。做好朋友吧！
嗯！
那個時候我好高興，舞香又可愛，又會念書，運動神經也好，總是穿著漂亮的洋裝。我好羨慕妳……
但是，因為名字發音一樣，所以大家叫妳「小熊」不是嗎？那也是我的錯。妳變成「馬鈴薯」也是……
取藝名的時候，我想就這一次，所以隨便用了舞香的名字……這樣我們就扯平，不用再提了！
真衣香……
啊，那……新的藝名是什麼呢？
對了……我是滑冰選手羽生的粉絲，就叫羽生舞華怎麼樣，發音也是maika。

1 舞香、真衣香的日文都是まいか（maika）。

羽生舞華
冰上的快樂
改名為「羽生舞華」之後，她就大紅大紫了。
舞香小姐在那之後轉到仙台的大學醫院，過了兩年才又來到店裡。
2F
太平洋
DEEP
BAR
SNACK
老闆，我明年要結婚了。
真是恭喜啊。對方也是醫生嗎？
是的……但他姓羽生。
那結婚後，就要改姓羽生了嗎？
對啊……怎麼辦，又同名了！

第299夜◎奶油煮白菜帆立貝

めし
說起好吃的白菜料理，就是奶油煮白菜帆立貝了。帆立貝是罐頭的，連湯汁一起加進去煮。用豆漿代替奶油，大家都稱讚味道很清爽。
天氣冷的時候，
熱熱地，
呼呼
呼呼
配冰啤酒吃。

呼～
一直被酒家女拉拉當成冤大頭的賀茂田先生，今天很難得地自己一個人來了。
賀茂田先生，今天看起來氣色很好啊。
護膚?!
發生什麼事了?
是吧?! 我去做了護膚。
我開始相親了。年紀不小的公司同事參加相親後結婚了。他的對象雖然離過一次婚，但是是個好女人。
你放棄拉拉了嗎?
反正是沒希望的……

你終於想開了啊。
還營業嗎？
喀啦
是啊，歡迎光臨。
在雪裡看見紅燈籠，就進來了。
這樣啊。
您不是野島先生嗎？
是的。抱歉您是……
我是301號室的賀茂田。上次您客氣了，非常感謝。
啊，賀茂田先生！
年底的時候，野島先生一家人搬到賀茂田先生家隔壁。曾經帶著點心去打過招呼。

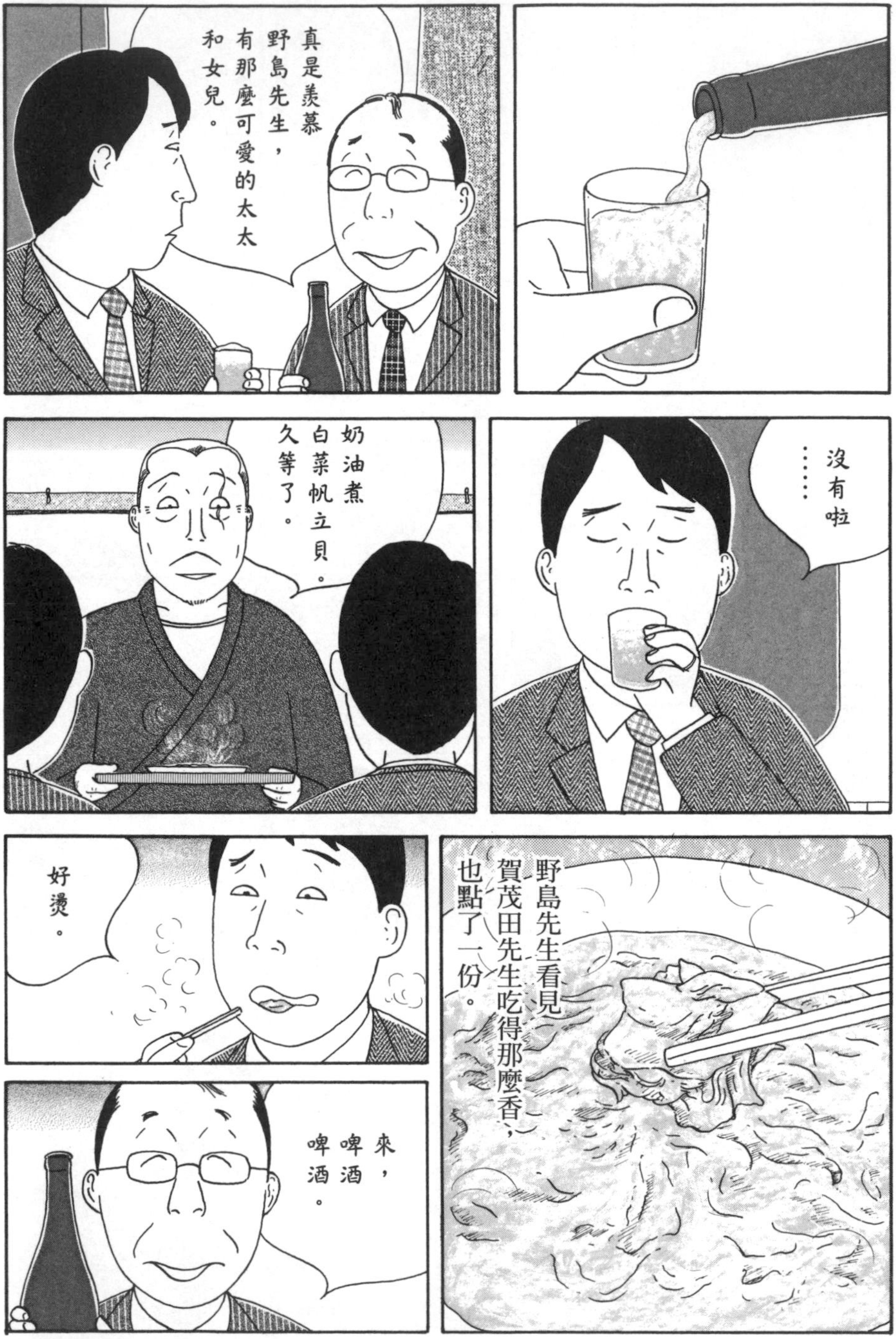
真是羨慕野島先生，有那麼可愛的太太和女兒。
沒有啦……
奶油煮白菜帆立貝。久等了。
野島先生看見賀茂田先生吃得那麼香，也點了一份。
好燙。
來，啤酒啤酒。

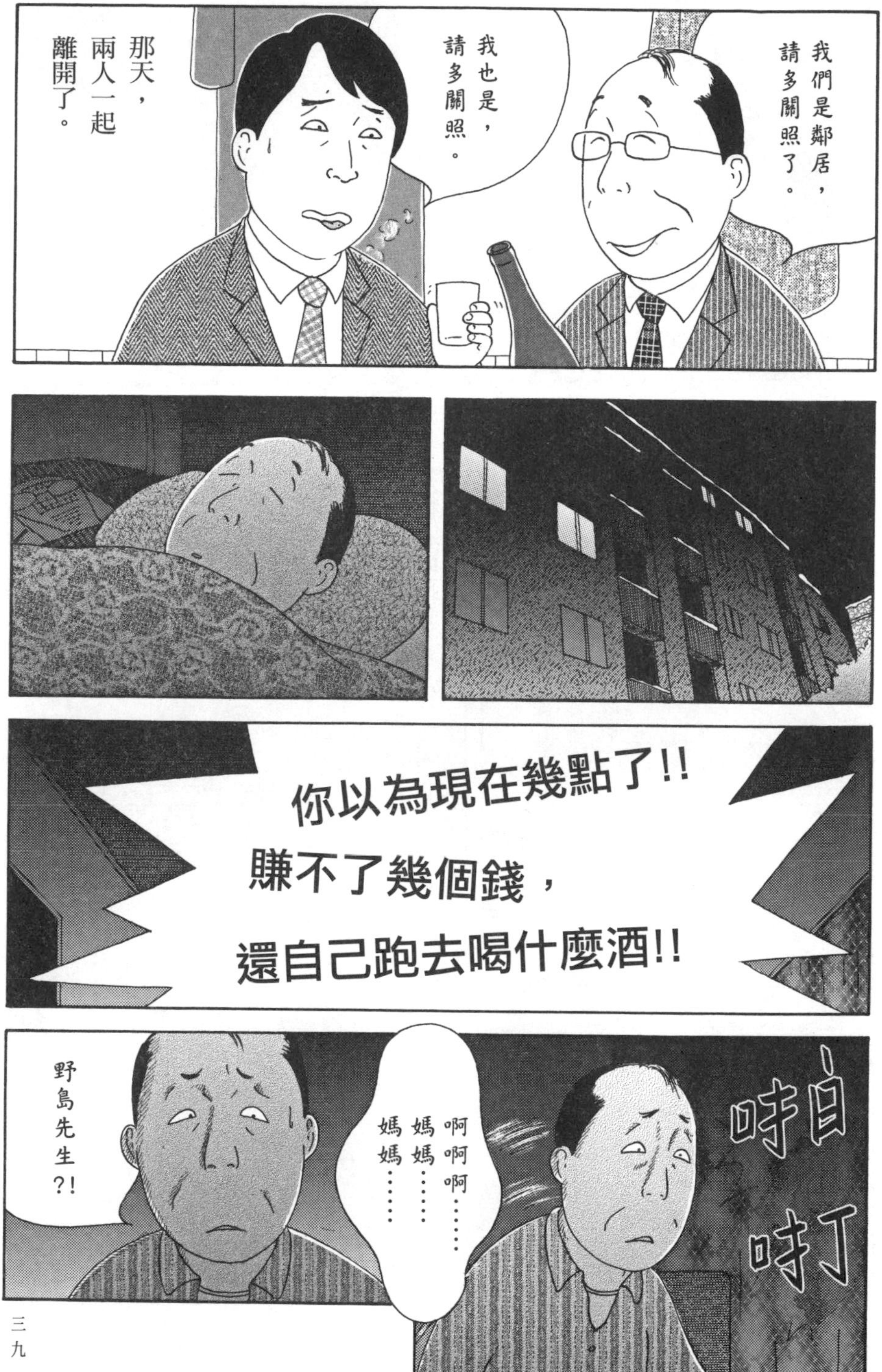
我們是鄰居，請多關照了。
我也是，請多關照。
那天，兩人一起離開了。
你以為現在幾點了!!
賺不了幾個錢，
還自己跑去喝什麼酒!!
咭叮
咭叮
啊啊啊……
媽媽……媽媽……
野島先生?!

二月中——
野島先生的太太太厲害了。
每星期總有一兩次，對先生破口大罵。星期天也是……
你啊——完全沒替小孩著想吧，你只是看著我的臉色說話而已!!
在走廊上碰見，太太看起來文靜又可愛。
是不是育兒憂鬱症啊？
或許是吧，但那也太誇張了，罵人的聲音非常大……
會暴怒的女人很多啊，以前我住的那幢公寓也有。潑婦罵街，好像會家暴的太太……

哎……女人好可怕啊。
賀茂田先生，相親進行得如何了？
賀茂田先生，在相親嗎？
啊，順利得連我自己都嚇一跳。雖然離過一次婚，但是個美人，個性又好。
這樣啊。要是能的話，帶來店裡吧。
好。我去問一下千鶴小姐。
那個週末賀茂田先生立刻就帶她來了。
奶油煮白菜帆立貝，久等了。

好好吃！下次我試著做做看吧。
真想吃千鶴小姐的奶油煮。
原來如此確實是美人。賀茂田先生簡直幸福感爆表。
賀茂田先生走後，小道來了。
剛才在外面，賀茂田先生介紹了他交往的對象。
他很著迷吧？
簡直是眉飛色舞，目不轉睛看著她啊。
對了對了，那天三點多，野島先生也來了。
這是他自從上次之後第一次來，默默地吃著奶油煮白菜帆立貝。

三月——
最近野島先生怎麼樣啦？
他啊……不久前突然搬家了。在那之前兩三天，我在附近的公園見到他……
他剃了光頭，我沒出聲叫他……
光頭?!發生什麼事啊？
搞不好……是睡覺的時候被剃光的……？
咦?!

我說過以前我住的公寓有一家潑婦罵街的太太吧，她先生就被她這樣修理了。
先生睡覺的時候，頭髮被太太用剪刀亂剪一通，沒辦法去上班，只好去理髮店把頭髮剃光。
不知道該不該說……但上次賀茂田先生介紹他的交往對象，我覺得有點眼熟啊。很像那個太太。
哎?!
她是不是說以前住在神樂坂？
賀茂田先生嗎？在那之後他就放棄相親，現在還是成天泡在拉拉的夜店裡啦。
……

第 300 夜◎草莓和煉乳

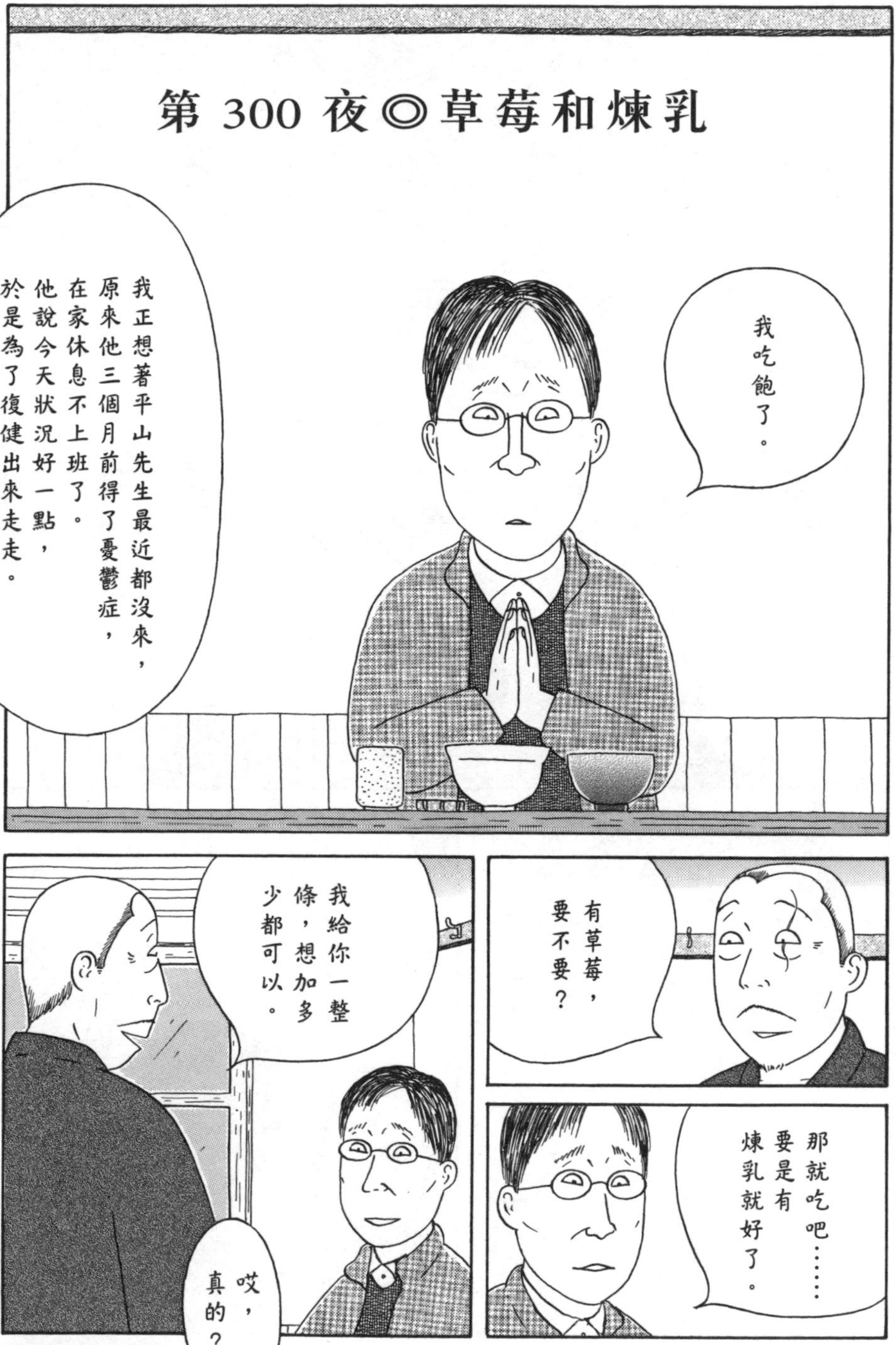
我吃飽了。
我正想著平山先生最近都沒來，原來他三個月前得了憂鬱症，在家休息不上班了。他說今天狀況好一點，於是為了復健出來走走。
有草莓，要不要？
那就吃吧……要是有煉乳就好了。
我給你一整條，想加多少都可以。
哎，真的？

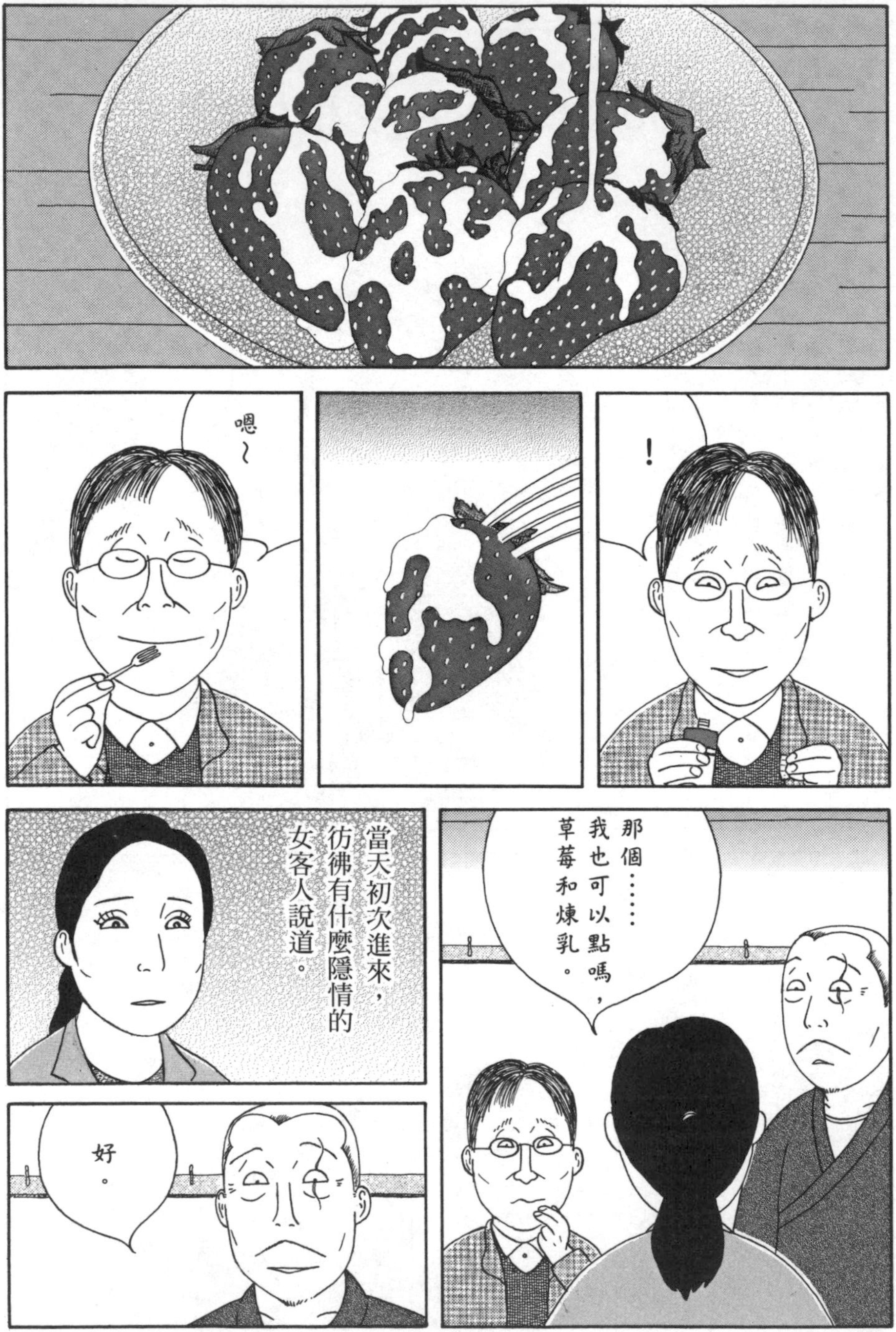
！
嗯～
那個……我也可以點嗎，草莓和煉乳。
當天初次進來，彷彿有什麼隱情的女客人說道。
好。

已經好多年沒有吃過沾煉乳的草莓了。
……
草莓全部吃完後，她說——
對不起，我沒有錢。
怎麼回事？
我就穿著身上這身衣服，兩手空空地出來了。

我來付錢吧。
豬肉味噌湯兩份，和兩份草莓煉乳。
可以嗎，平山先生？
?!
兩人離開後，和他們擦肩而過的占卜師小雪說了。
……
負負得正呢。
什麼意思啊？
剛才離開的兩個人，他們都非常地不幸，但兩人在一起，運氣就會變好喔。

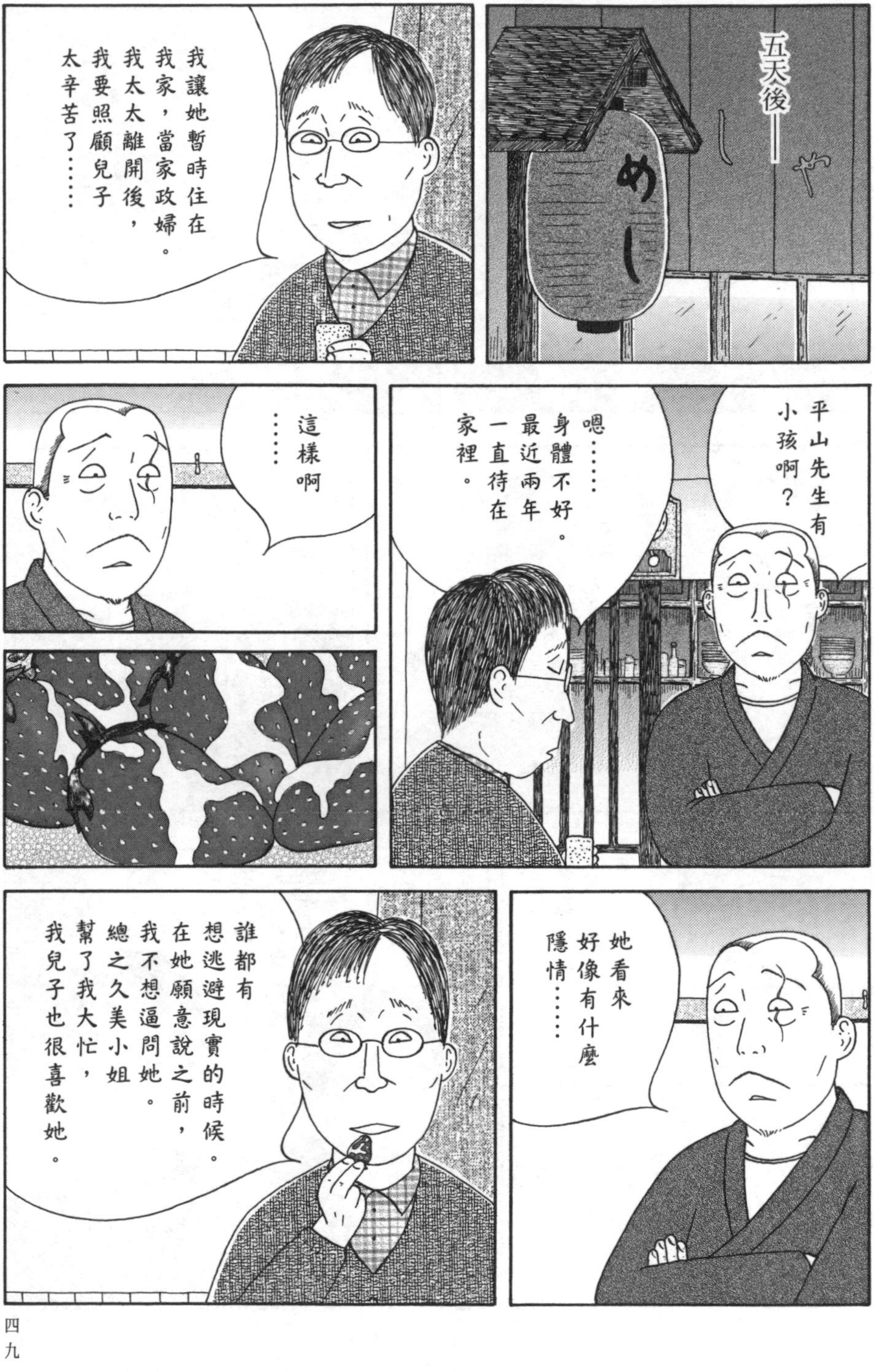
五天後——
めし
しゃ
我讓她暫時住在我家，當家政婦。
我太太離開後，我要照顧兒子太辛苦了……
平山先生有小孩啊？
嗯……身體不好。最近兩年一直待在家裡。
這樣啊……
她看來好像有什麼隱情……
誰都有想逃避現實的時候。
在她願意說之前，我不想逼問她。
總之久美小姐幫了我大忙，我兒子也很喜歡她。

占卜師小雪之前看見平山先生和久美小姐，說兩個人在一起，運氣就會變好。因為負負得正啊。
欸……運氣會變好啊。那我要不要試試買彩券啊。哈哈哈……
一星期後──
我以為他太太離開他很沮喪呢，沒想到這就找到新女朋友了?!
平山先生真是深藏不露啊。
不是女朋友，是住在家裡的家政婦。
家政婦？
住在家裡?!

在深夜食堂吃了草莓和煉乳，所以才認識的……
對啊……
老闆，來一份草莓和煉乳。
我也要。
喂，美麗的家政婦才沒那麼多呢！
哈哈哈。
嘻嘻嘻。
兩個人都開朗了很多。小雪說的搞不好是真的呢。
平山先生說新年過後就要回去上班，但除夕晚上十二點，新年來臨的時候，他臉色蒼白地來到店裡。
KATASUMI
久美小姐沒來嗎？

發生什麼事了？
久美小姐……傍晚時出去買東西，就沒回來了。
家裡少了什麼東西嗎？
什麼也沒少……
她在住進平山先生家之前，是做什麼的？
我不知道……我只知道她叫做榊原久美。也不知道是不是真名……
搞不好是整過型的逃亡殺人犯。
阿北你胡說什麼！
啊——

三天後，突然從
平山先生身邊消失的
久美小姐，寄來了一
封信，感謝他的照顧，
並為不辭而別道歉。
平山先生憂鬱症
又犯了，
在那之後都沒有出現。
我跟小雪小姐
提了這件事——
這樣啊……
但這一定
不是壞事。
叮
咚
久美小姐?!

綜合存款帳簿
分行名 ×××
帳號 ×××
榊原久美小姐
久美小姐拿出的存摺裡有六億數千萬日圓。
她用平山先生給的生活費，買了三張彩券。年底開獎的時候，中了頭獎七億日圓。久美小姐用獎金還了跟同居男人借的錢，給了分手費，然後把剩下的錢還回來。
久美小姐……
後來怎麼樣了呢？
平山先生辭了工作，帶著久美小姐和兒子，搬到峇里島去了。現在過得很幸福。
偶爾會回日本來。
回來採草莓。
那天也帶著草莓到店裡來，
給大家吃。

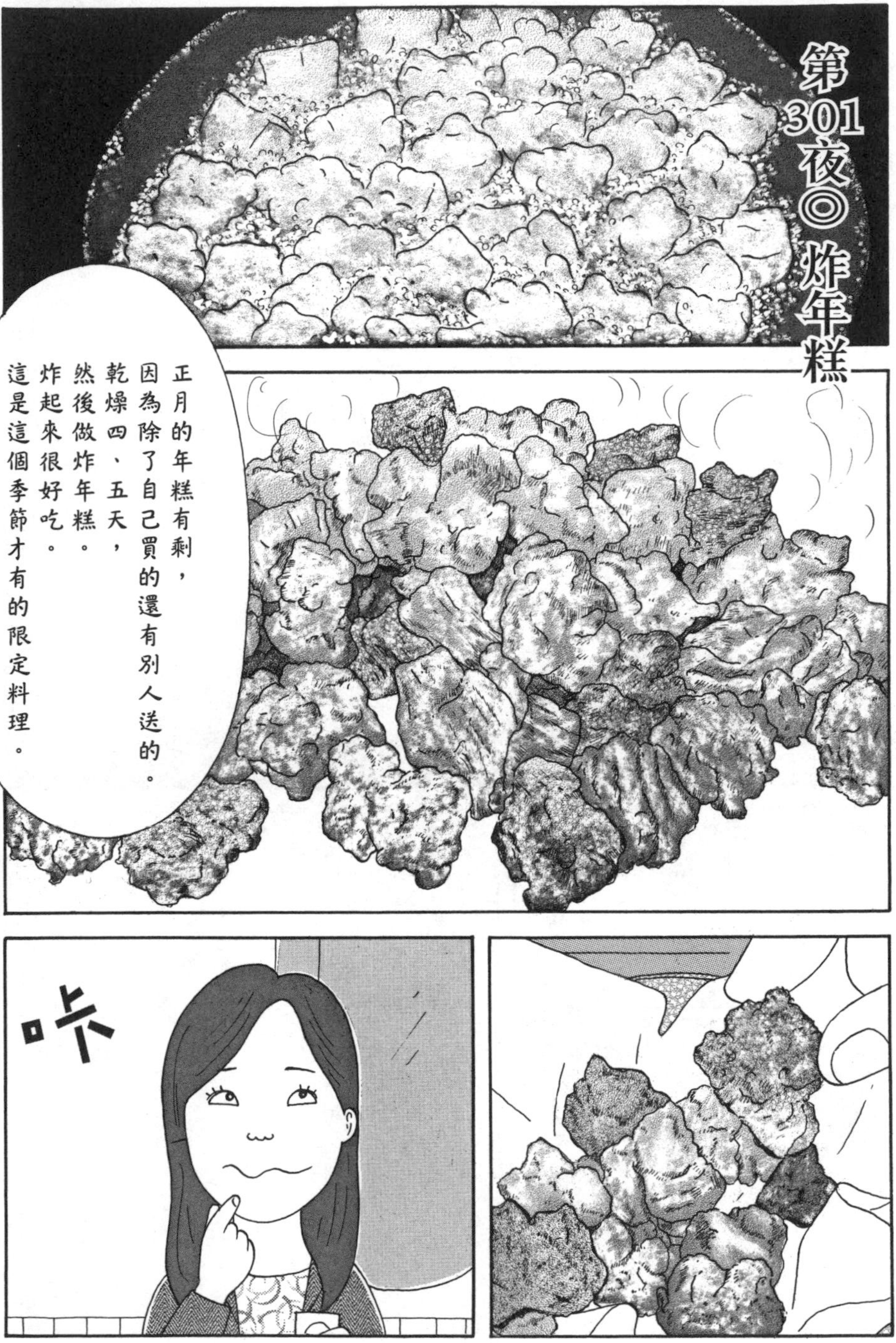
第301夜◎炸年糕
正月的年糕有剩，因為除了自己買的還有別人送的。乾燥四、五天，然後做炸年糕。炸起來很好吃。這是這個季節才有的限定料理。
咔

這個好吃！
奈緒美小姐
今年開年終於得償宿願，
自己一個人住了。
最近她可以不用在乎時間，
到處喝酒。
這是她之前一直忍耐從熊谷
老家通勤上班的後遺症。
今天是第幾家？
第三家。老闆，燒酒加冰塊再來一杯。
心情真好呢。
好。
我打小鋼珠贏了七萬！我用了能招財的錢包之後，運氣就超級好的。
能招財的錢包?!
那是怎樣的錢包啊？
嘿嘿嘿，讓你們看看吧！

咦?!
燒酒加冰塊久等了。
翻翻掏掏
沒了……
沒有!
外衣的口袋裡呢?
會不會掉在上一家店裡了?
老闆,對不起……
啊,帳下次再算。妳去找錢包吧。
奈緒美小姐醉意全消,慌忙離開了。

次日
めし
や
這樣啊，沒找到啊。裡面有多少錢？
差不多五萬。去報警，各種卡片止付，麻煩死了……
那不是能招財的錢包嗎？
對啊。就覺得新的一年剛開始，財運都跑光了。
有失才有得。總會有好事發生的。
那是什麼時候啊……

奈緒美小姐自從丟了錢包以後，好像真的沒了財運。新的一週開始時她無精打采地來了。
開始自己一個人住的時候，朋友送我一隻小貓。貓咪身體不好……昨天又帶牠去了醫院。
寵物看病很花錢吧。
是啊。然後我的電腦也壞了，下週還有兩包紅色炸彈。
這可要花不少錢。
本來想存錢開始相親的。
喀啦
歡迎光臨。
我要豬肉味噌湯。

帥哥好像有
讓女人
閉嘴的力量。
咔
他吃定食
的時候，
奈緒美
完全忘了消沉，
一心盯著人家看。
帥哥離開後。
他最近偶爾
會來，但還沒
說過話呢。
阿島認識嗎？
老闆，
那是誰啊？

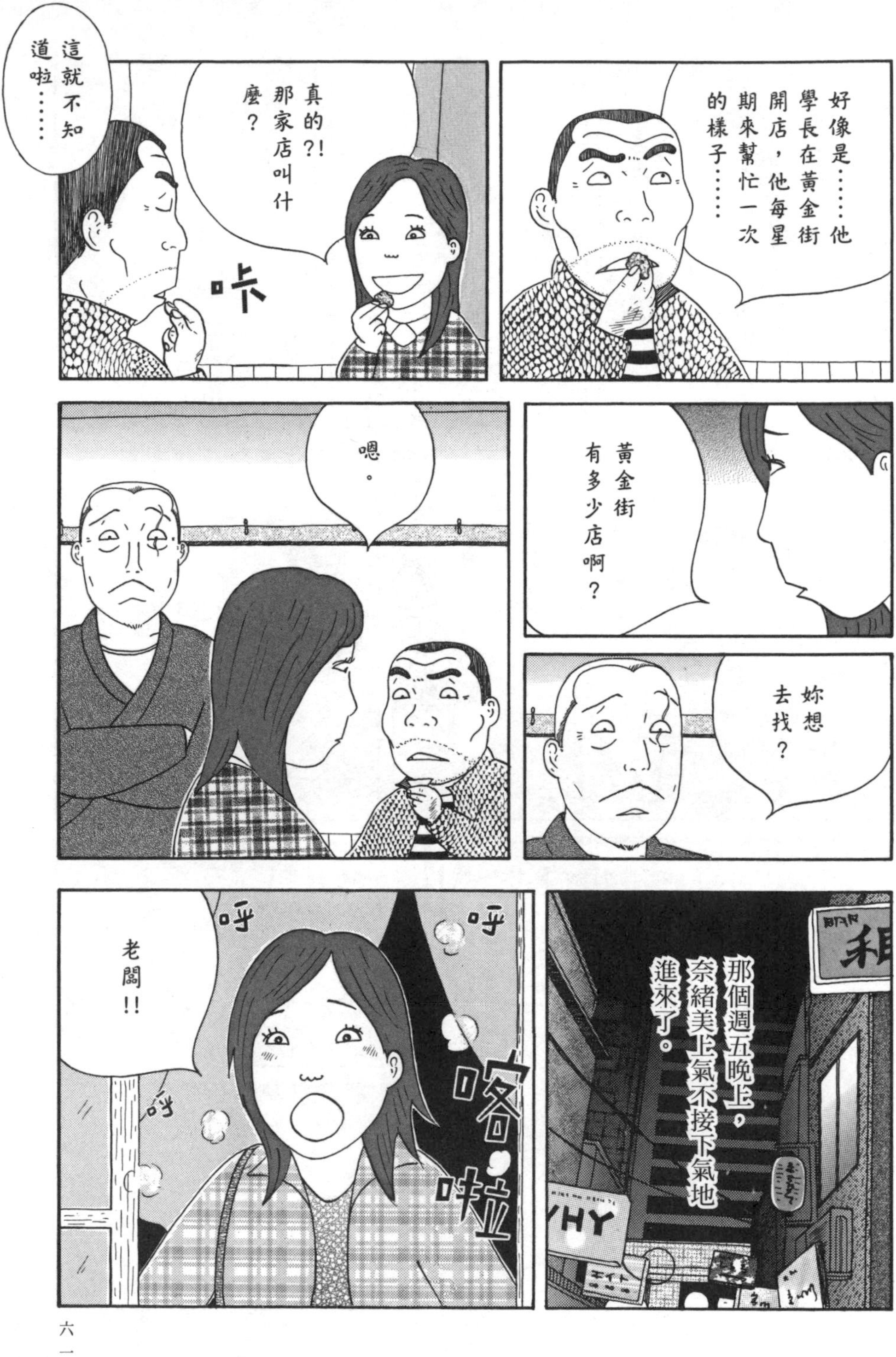
好像是……他學長在黃金街開店，他每星期來幫忙一次的樣子……
真的?!那家店叫什麼？
咔
這就不知道啦……
黃金街有多少店啊？
妳想去找？
嗯。
那個週五晚上，奈緒美上氣不接下氣地進來了。
呼
呼
老闆!!
呼
喀啦

找到錢包了嗎？
找到那個帥哥了嗎？
我撿到錢了，五萬塊！
在哪？
花園神社參道旁邊，有五張對折的萬元大鈔。我想送去派出所，但警察先生不在……
那不是很好嗎，妳就收下吧。
掉的只是鈔票，也沒法知道是誰掉的啊。就當是妳之前丟掉的錢回來了就好。
?!

咦，怎麼回事？
奈緒美上星期掉了錢包，裡面有五萬日圓。
那有什麼關係，妳就收下吧。
對啊，一定是神明送還給妳的。
這樣啊……那我就收下吧！
贊成!!
於是奈緒美請客，大家一起喝酒，乾杯之後，奈緒美說：「這樣一來，大家就同罪啦。」

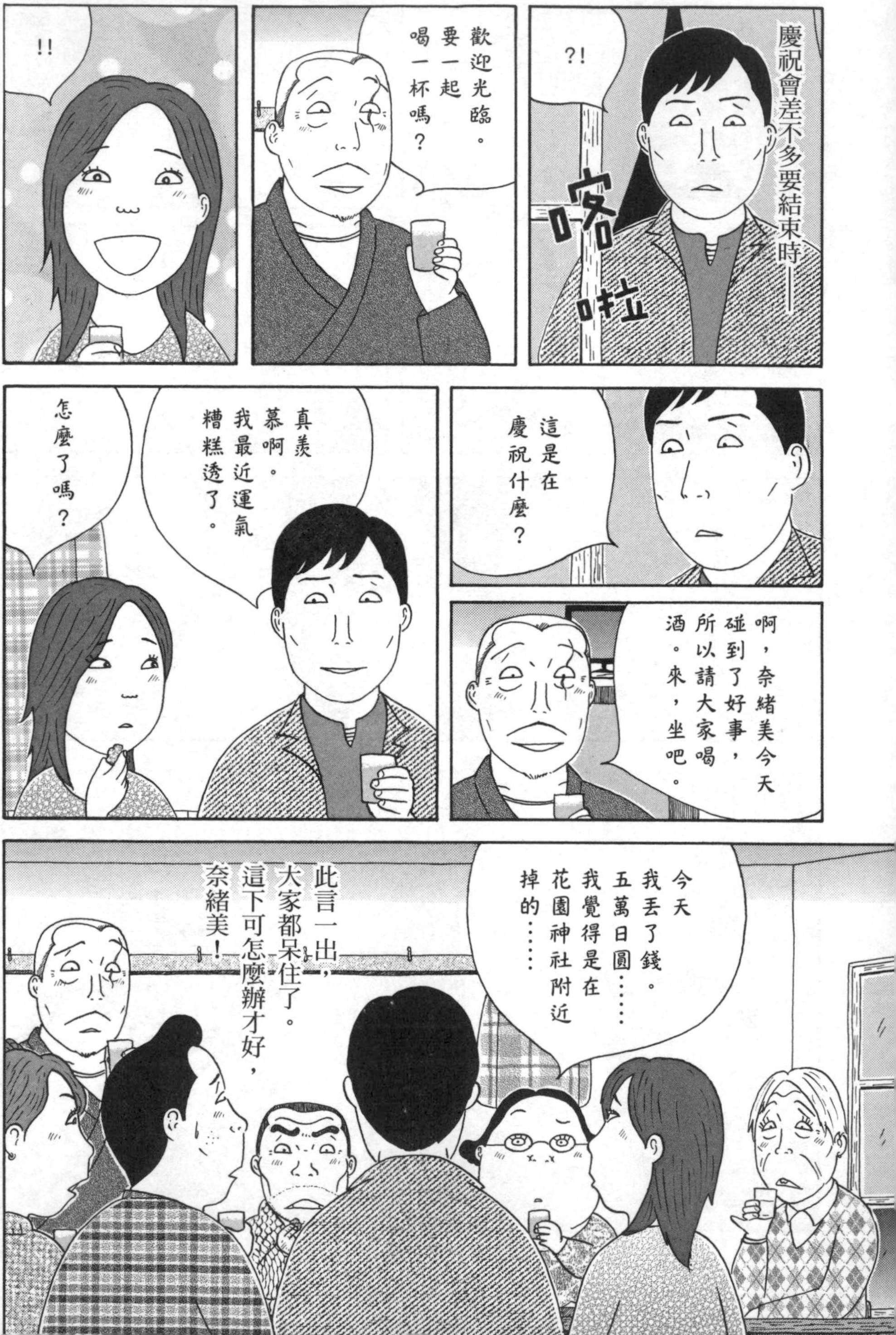
慶祝會差不多要結束時——
喀啦
?!
歡迎光臨。要一起喝一杯嗎？
!!
這是在慶祝什麼？
啊，奈緒美今天碰到了好事，所以請大家喝酒。來，坐吧。
真羨慕啊。我最近運氣糟糕透了。
怎麼了嗎？
今天我丟了錢。五萬日圓……我覺得是在花園神社附近掉的……
此言一出，大家都呆住了。這下可怎麼辦才好，奈緒美！

第302夜◎滑蛋丼
滑蛋丼久等了。
滑蛋丼就是
把蛋汁做成滑蛋
鋪在飯上的料理。
熱軟香滑
滿好吃的。
呼呼
呼呼

上尾先生是單身赴任的上班族，太太和小孩好像都在神戶。
呼呼
呼呼
最近都沒看見麻里惠和小萌，她們還好嗎？
我和麻里惠分手了。隔壁部門的男人向她求婚，他們正在交往。
她本來就說好跟我在一起一年……
這樣啊……
兩年前我在這裡碰到麻里惠和小萌吃飯……
吃的就是滑蛋丼……

很燙，吹一吹再吃。
呼 呼 呼 呼
那個時候，麻里惠剛剛離婚，白天當約聘員工，每星期兩個晚上把小萌託給深夜托兒所，自己去夜總會上班。
小萌，味道怎樣？
好吃！
老闆，好久不見。我回東京來了。
喀啦
上尾先生進入公司時在東京上班，後來調到關西，相隔十幾年，又回到東京總公司來了。
哎喲，上尾先生，歡迎回來。
上尾課長?!
長谷川小姐！

麻里惠小姐白天的工作就是在上尾先生的公司。
盯——
……妳女兒？
是的。我女兒小萌。打招呼啊？
我是小萌。
小萌啊……好像很好吃。在吃什麼呢？
滑蛋丼。
滑蛋丼？真不錯，老闆，也給我一份。
好。

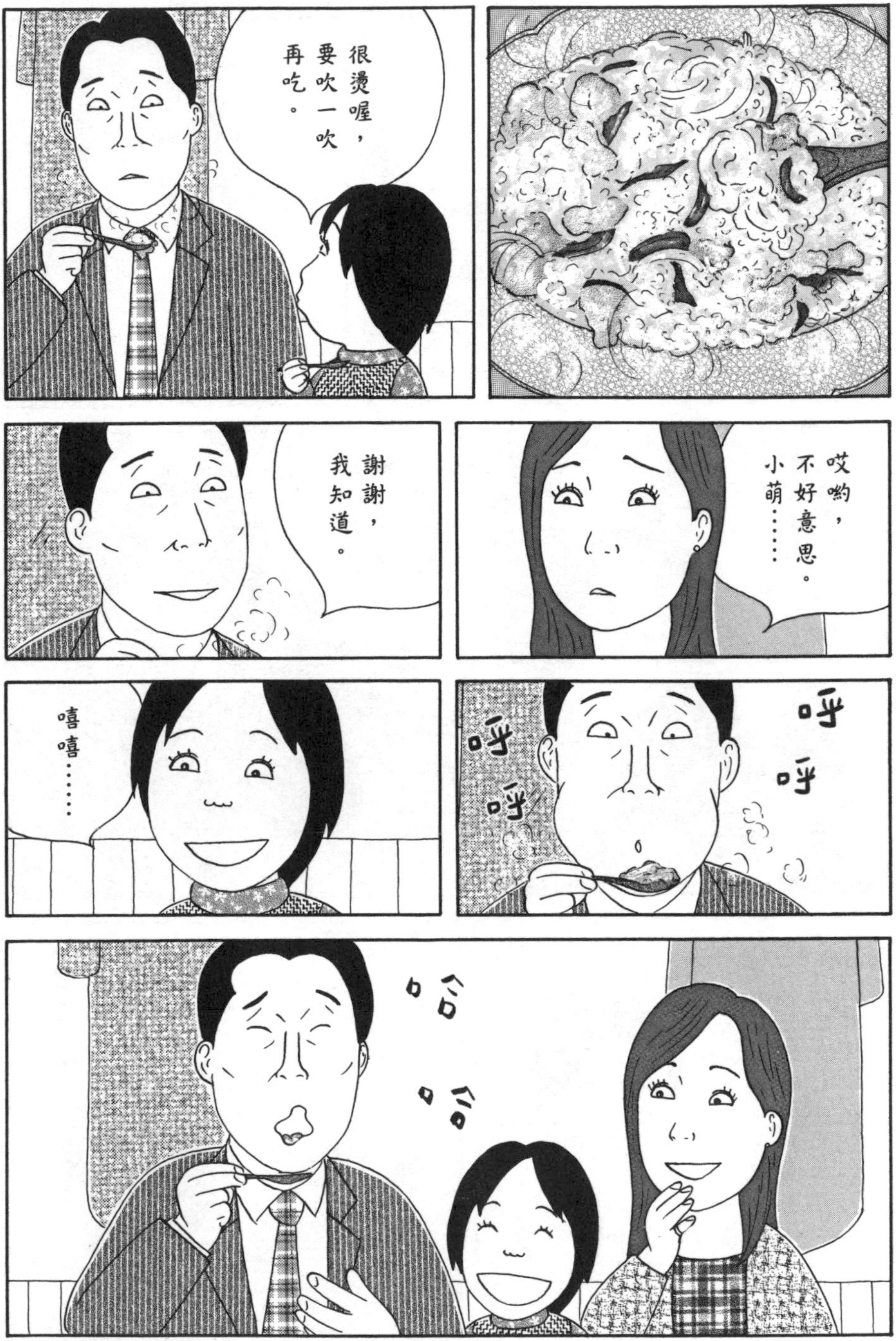
很燙喔，要吹一吹再吃。
謝謝，我知道。
哎喲，不好意思。小萌……
嘻嘻……
呼呼
呼呼
哈哈

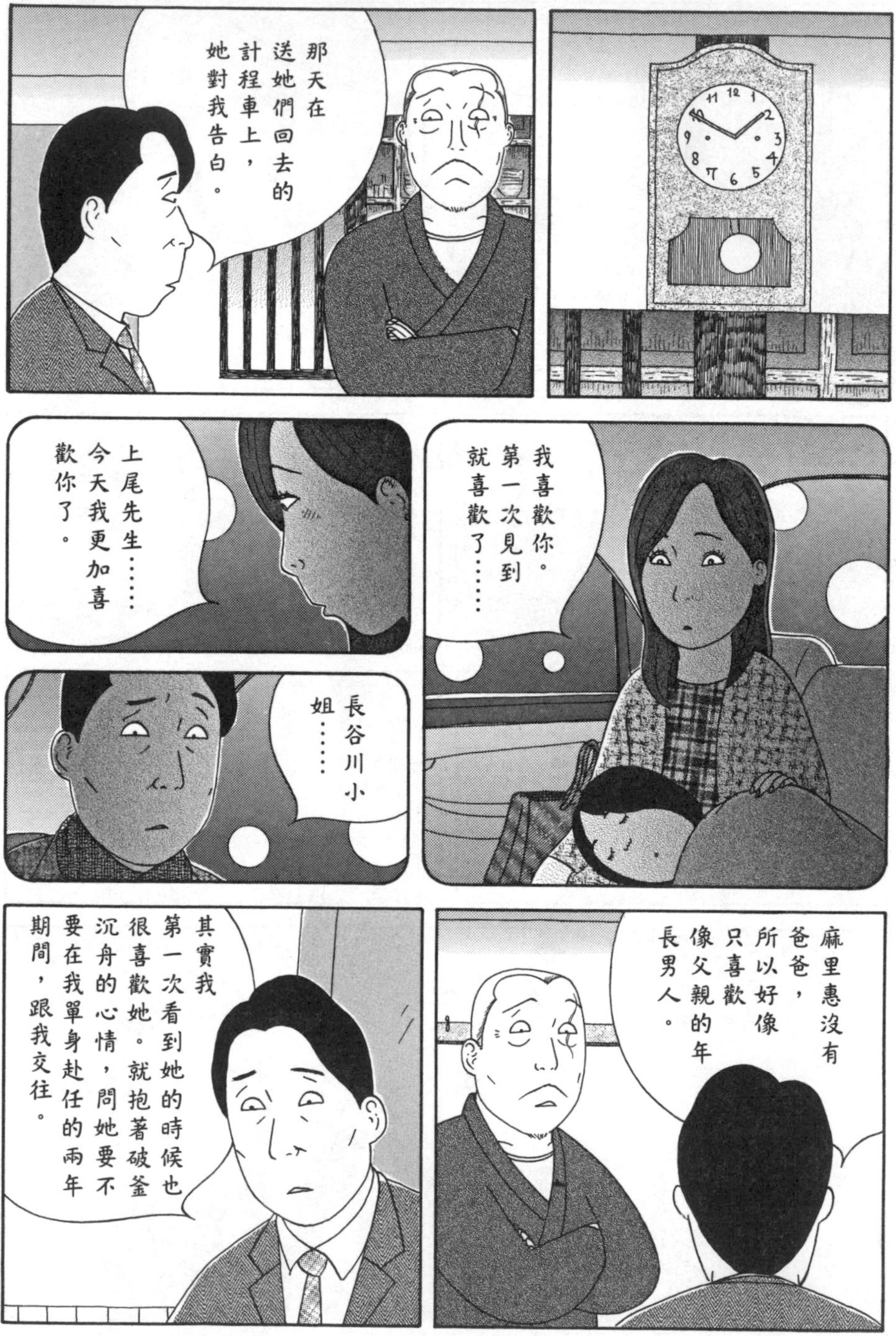
那天在送她們回去的計程車上，她對我告白。
我喜歡你。第一次見到就喜歡了……
上尾先生……今天我更加喜歡你了。
長谷川小姐……
麻里惠沒有爸爸，所以好像只喜歡像父親的年長男人。
其實我第一次看到她的時候也很喜歡她。就抱著破釜沉舟的心情，問她要不要在我單身赴任的兩年期間，跟我交往。

要是麻里惠有了其他喜歡的人，隨時可以分手。如果她願意跟我交往的話，我會盡力讓她在這兩年中過最幸福的生活。
麻里惠小姐怎麼說呢？
她說一年就好……
要是繼續下去，我會離不開上尾先生的。
哼。厲害的女人。
因為上尾你就這樣奉獻了一年，不是嗎？
?!

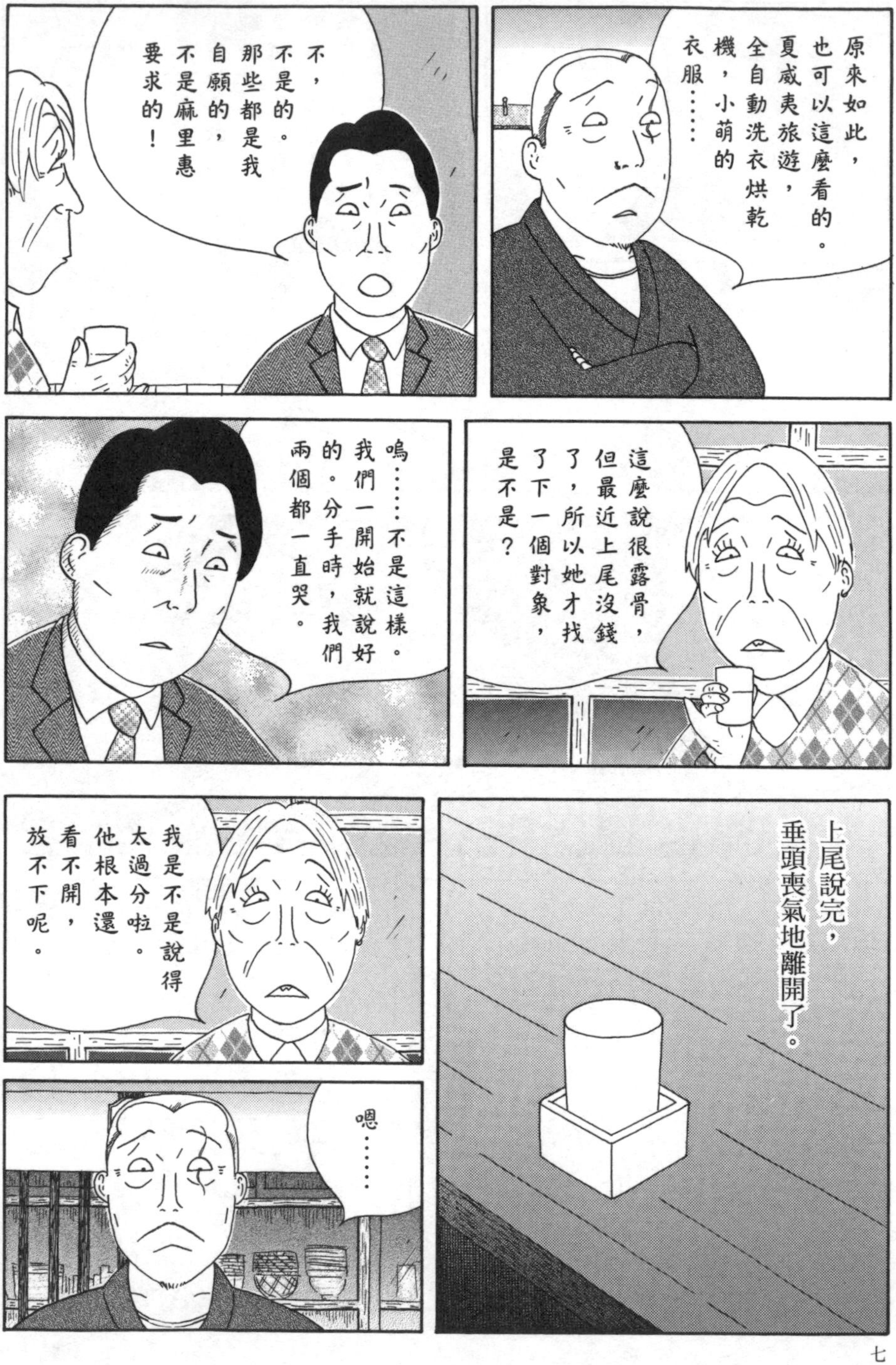
原來如此，也可以這麼看的。夏威夷旅遊，全自動洗衣烘乾機，小萌的衣服……
不，不是的。那些都是我自願的，不是麻里惠要求的！
這麼說很露骨，但最近上尾沒錢了，所以她才找了下一個對象，是不是？
嗚……不是這樣。我們一開始就說好的。分手時，我們兩個都一直哭。
上尾說完，垂頭喪氣地離開了。
我是不是說得太過分啦。他根本還看不開，放不下呢。
嗯……

二月初，好久不見的麻里惠母女來了。
小萌非常想吃老闆的滑蛋丼。
嗯。
這樣啊。新年的時候，上尾先生來過了。
這樣啊。
他好像還很喜歡妳。
因為我們早就說好的……
媽媽，阿廣在做什麼啊。
阿廣？
就是上尾先生……
阿廣到美國去工作了呀。
對喔。

阿廣可能也在美國吃滑蛋丼吧。
一面呼呼地吹一面吃嗎？
一定是吧。
要是他來的話，請替我轉達。那是我人生中最幸福的一年。
知道了，我會跟他說的。
呼
呼
我跟上尾先生說了，他流下淚來。
這樣啊……嗯……。
後來他回到神戶的家，手機裡的 Line 通訊記錄被太太看到了。他們大吵了一架，幸好最後太太原諒了他。

凌晨三點

第 303 夜◎炸豬排三明治

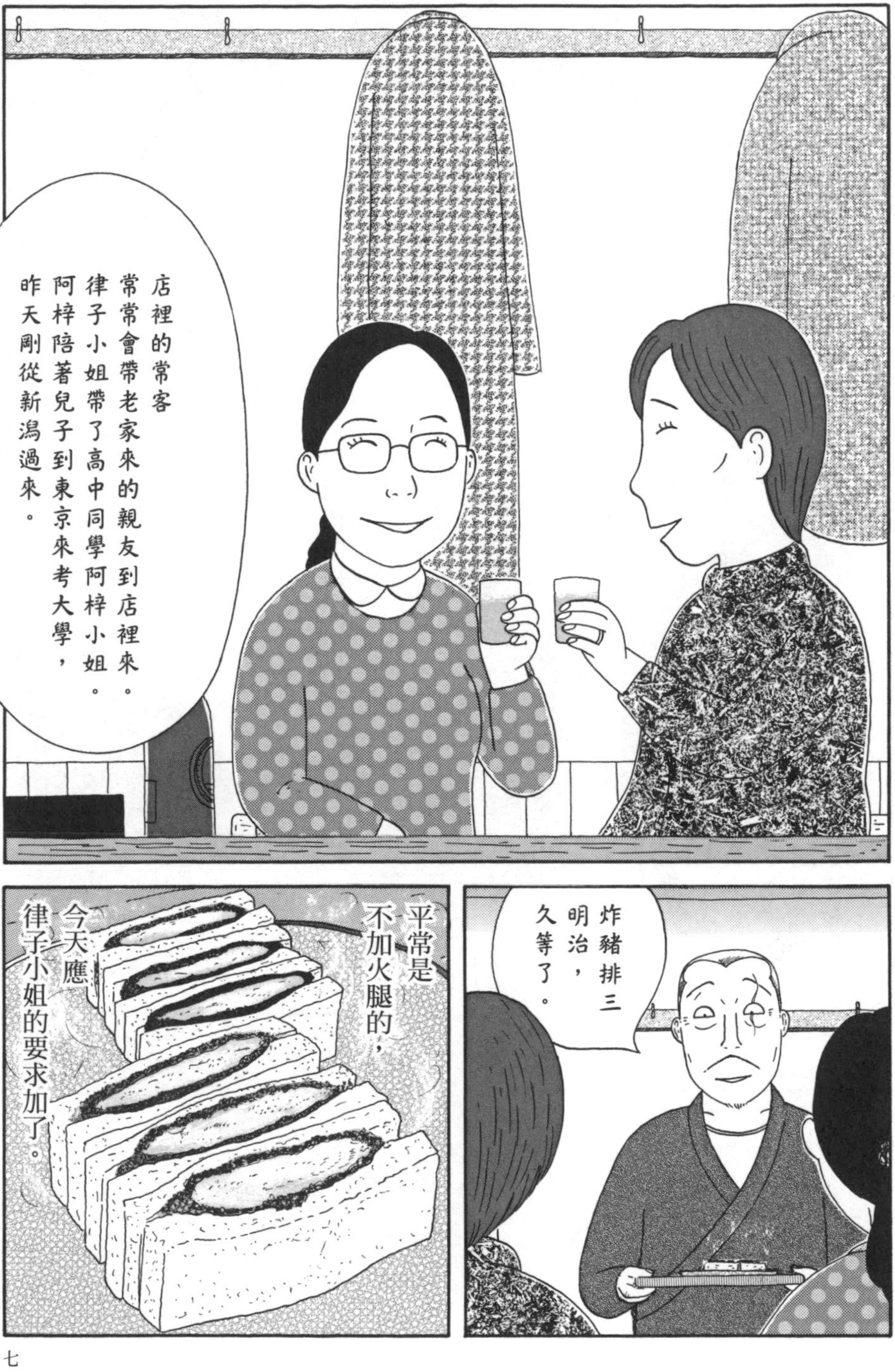
店裡的常客
常常會帶老家來的親友到店裡來。
律子小姐帶了高中同學阿梓小姐。
阿梓陪著兒子到東京來考大學，
昨天剛從新潟過來。
炸豬排三明治，久等了。
平常是不加火腿的，
今天應律子小姐的要求加了。

哇，我想起來了！
是吧?!
兩個人在高中時代組隊打軟式網球，那個時候她們的「必勝料理」就是炸豬排三明治。
律子小姐，我以為妳是學霸，沒想到體育也這麼強。
律子是文武雙全。我念書就完全不行。
阿梓的運動神經超級厲害的。能打進高中聯賽都是阿梓的功勞。
妳們打進了高中聯賽啊。
好懷念啊！
對不起，我想外帶一份炸豬排三明治。
啊，好喔。妳喜歡嗎？

太好了，明天早上我給兒子當早飯！
是必勝料理啊。
對！翔太明天考的是他想上的大學。
滋——
翔太長得跟安田學長一模一樣呢。我嚇了一跳。
嘻嘻，他像爸爸是帥哥。
但是老公卻已經禿啦。
咦?!

討厭……
炸豬排三明治，久等了。
請轉告令郎為他加油。
好的，謝謝老闆。
真是吃驚……
三天後，律子小姐帶著一個年輕的帥哥來了。
SONIA
SUNTORY
黑白

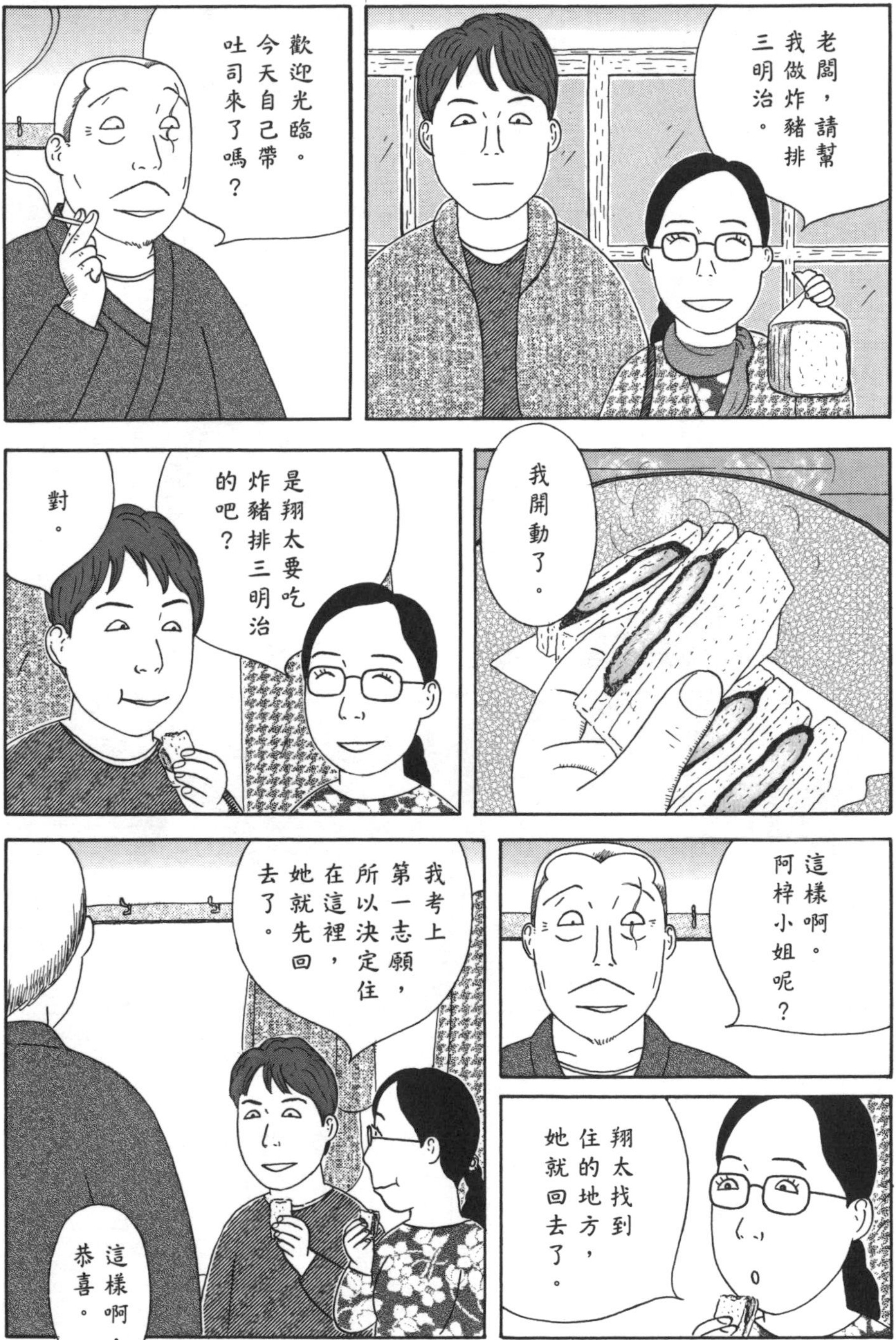
老闆，請幫我做炸豬排三明治。
歡迎光臨。今天自己帶吐司來了嗎？
我開動了。
是翔太要吃炸豬排三明治的吧？
對。
這樣啊。阿梓小姐呢？
翔太找到住的地方，她就回去了。
我考上第一志願，所以決定住在這裡，她就先回去了。
這樣啊，恭喜。

咦……
啊，沒事。
律子小姐怎麼啦？

阿梓好幸福呢。有這麼好的兒子跟老公……
律子小姐有小孩嗎？
沒有。我單身呢。
咦，為什麼呢？
哪有為什麼。對吧，老闆。
嗯。
一星期後——
めし
要是我也結婚的話，是不是也會有跟翔太一樣大的孩子呢……

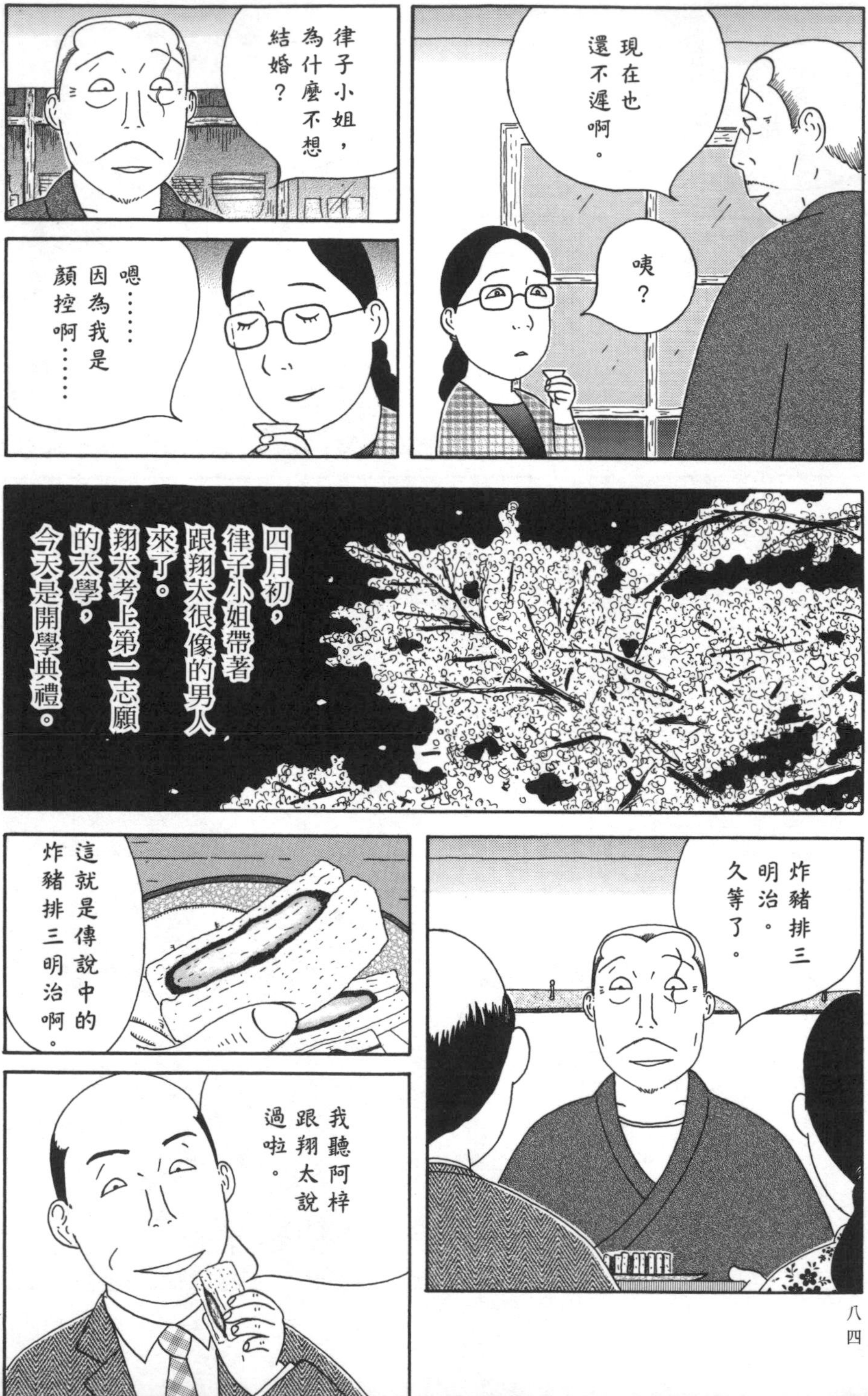
律子小姐，為什麼不想結婚？
現在也還不遲啊。
咦？
嗯……因為我是顏控啊……
四月初，律子小姐帶著跟翔太很像的男人來了。翔太考上第一志願的大學，今天是開學典禮。
炸豬排三明治。久等了。
這就是傳說中的炸豬排三明治啊。
我聽阿梓跟翔太說過啦。

我開動了。
這是阿梓的必勝料理啊。
阿梓不記得了……高一的時候跟安田先生表白時，也先吃了炸豬排三明治喔。
必勝料理啊，所以那傢伙在手術之前，才一定要吃炸豬排三明治啊。
手術？阿梓生病了嗎？
從東京回去之後，立刻就動了手術。現在還在住院。
她說妳會擔心，叫我不要說的……

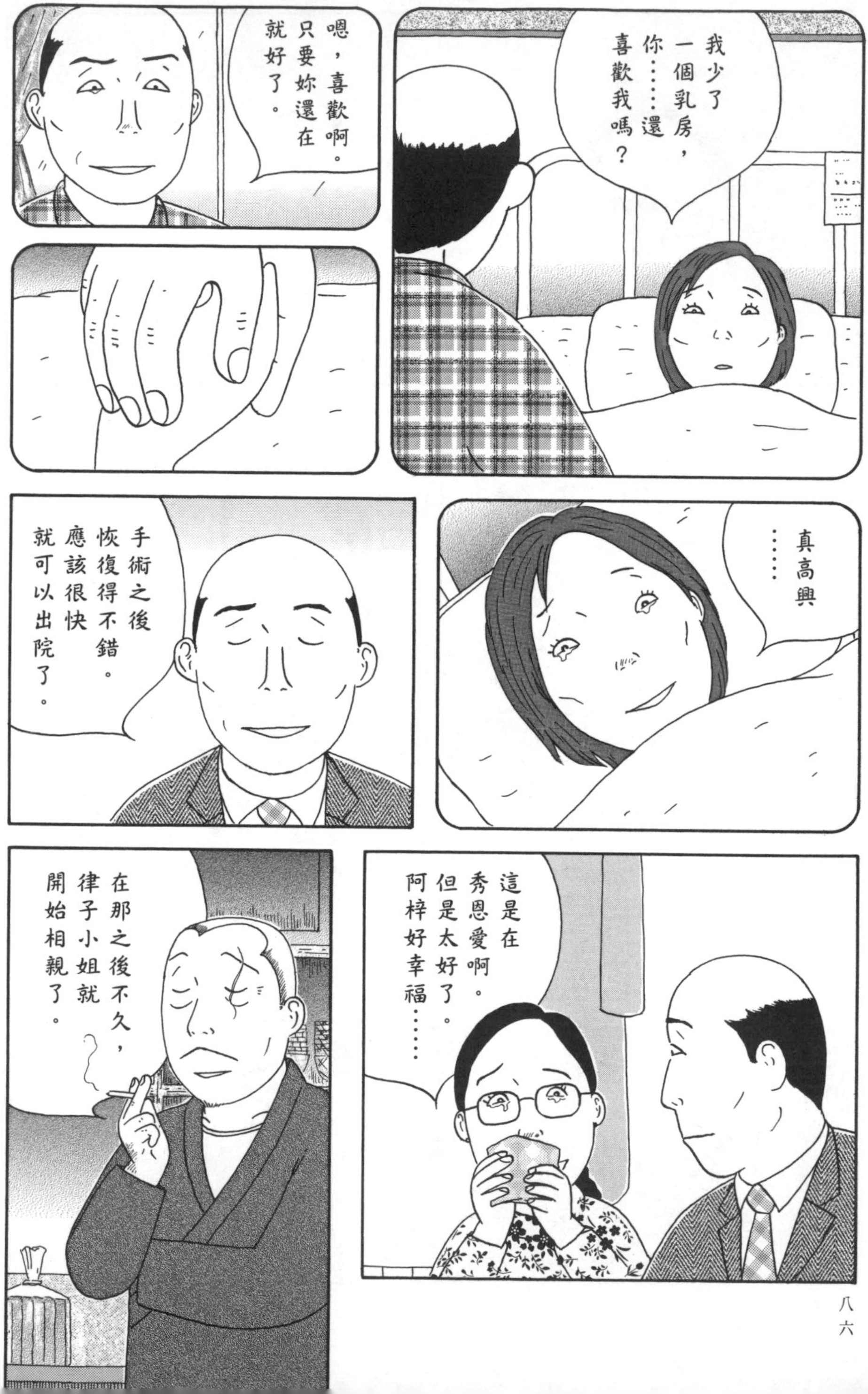
我少了一個乳房，你……還喜歡我嗎？
嗯，喜歡啊。只要妳還在就好了。
真高興……
手術之後恢復得不錯。應該很快就可以出院了。
這是在秀恩愛啊。但是太好了。阿梓好幸福……
在那之後不久，律子小姐就開始相親了。

第304夜◎菠菜拌鮪魚
廣樹，跟女朋友分手了嗎？
你怎麼知道？
因為你一直都在哼〈Sans toi ma mie〉啊。
兩人的戀情結束了啊……
來，久等了。菠菜拌鮪魚。

菠菜跟鮪魚很搭。
燙過的菠菜和鮪魚拌在一起，加上沾麵醬油和麻油，用高湯化開韓國辣椒醬一起拌勻。
這個……
我女朋友常常做給我吃……
插畫家廣樹最近好像跟同居的女友分手了。
為什麼分手啊？
她喜歡上了別人。
那就沒辦法了。放棄她，重新開始吧。

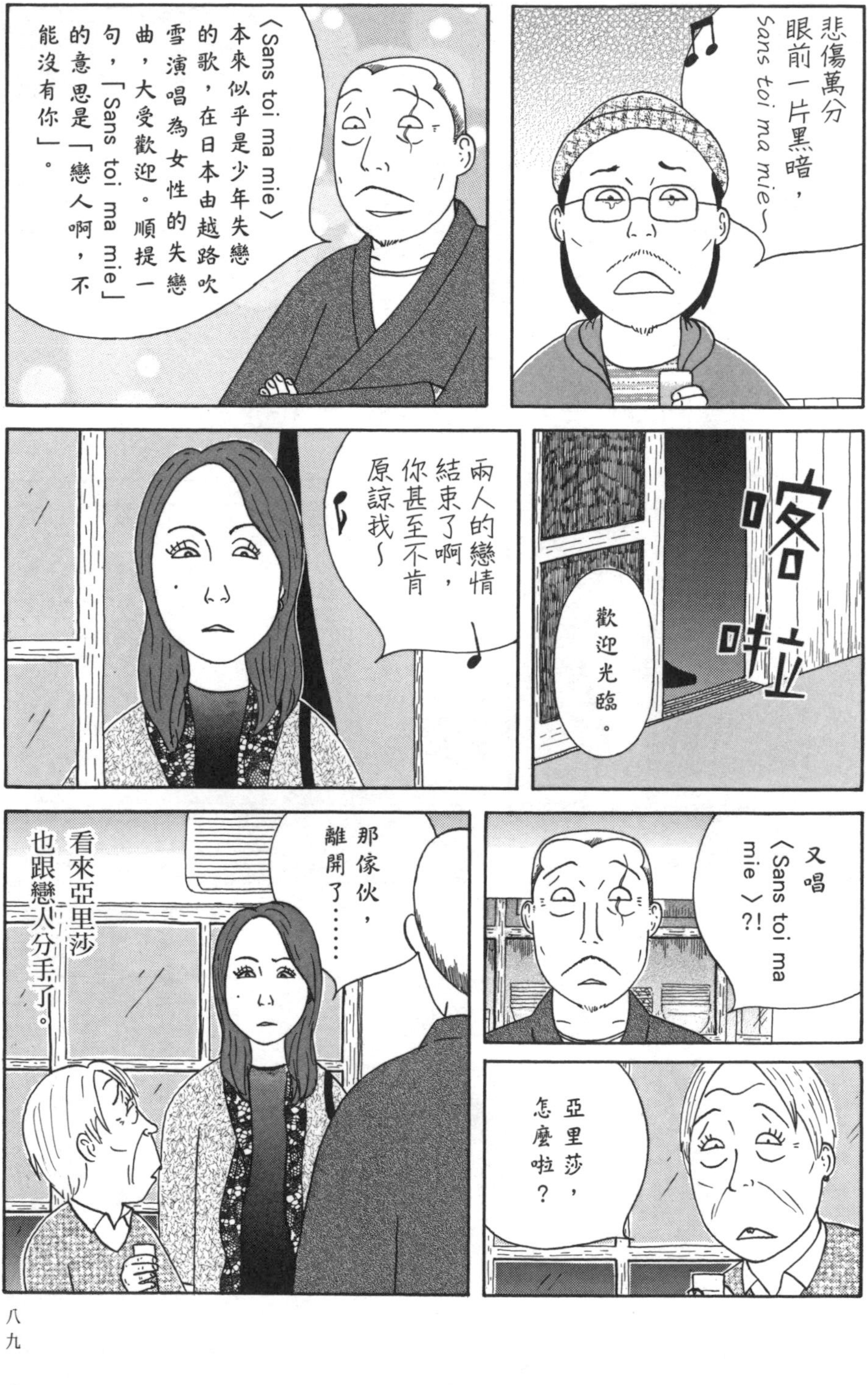
悲傷萬分
眼前一片黑暗，
Sans toi ma mie～
〈Sans toi ma mie〉本來似乎是少年失戀的歌，在日本由越路吹雪演唱為女性的失戀曲，大受歡迎。順提一句，「Sans toi ma mie」的意思是「戀人啊，不能沒有你」。
喀啦
歡迎光臨。
兩人的戀情結束了啊，你甚至不肯原諒我～
又唱〈Sans toi ma mie〉?!
亞里莎，怎麼啦？
那傢伙，離開了……
看來亞里莎也跟戀人分手了。

Sans toi ma mie，孤單寂寞，
Sans toi ma mie——
眼前一片黑暗。
簡直像是演音樂劇啊。
咚——
傷心的兩個人，默默地喝酒，彷彿心有靈犀。
要、要不要去唱歌呢？
好啊。

兩個人是不是去唱失戀的歌啊。
誰知道呢……
第二天——
我們回來了！
這兩人好像在那之後一直一起喝酒。歌舞伎町有可以一直喝到天亮的店，開到天亮的KTV。唱了五家，才回到店裡來。
但是，真想不到呀亞里莎，妳的工作沒問題嗎？
嗯，我有一本已經寫好的稿子。
亞里莎是很受歡迎的輕小說作家。
老闆，我要菠菜拌鮪魚。
還要吃嗎?!

亞里莎小姐也吃一點比較好。
昨天起一直都吃肉不是嗎？
我不喜歡青菜。
嗯？這個不錯吃。
是吧。我女朋友因為我不喜歡吃青菜，才特別做的……
男子漢大丈夫，不要成天哭哭啼啼的。笨蛋！
砰
好痛。
廣樹跟亞里莎就這樣開始往來了。亞里莎比他大九歲，身高和收入都勝過他，與其說是酒友，不如說是被亞里莎小姐帶著走的小弟。

四月中——
是先前跟她同居的前男友嗎？
之前分手的女友，好像結婚了。
嗯，他們去登記了，她跟著先生一起調職到曼谷去了……
什麼啊?!女人真恐怖。
就在此時，廣樹的手機響了。
六本木嗎……今天有點……不是……但是……好，知道了。我會去。
老闆，買單。亞里莎小姐叫我去。
又要喝到天亮嗎？

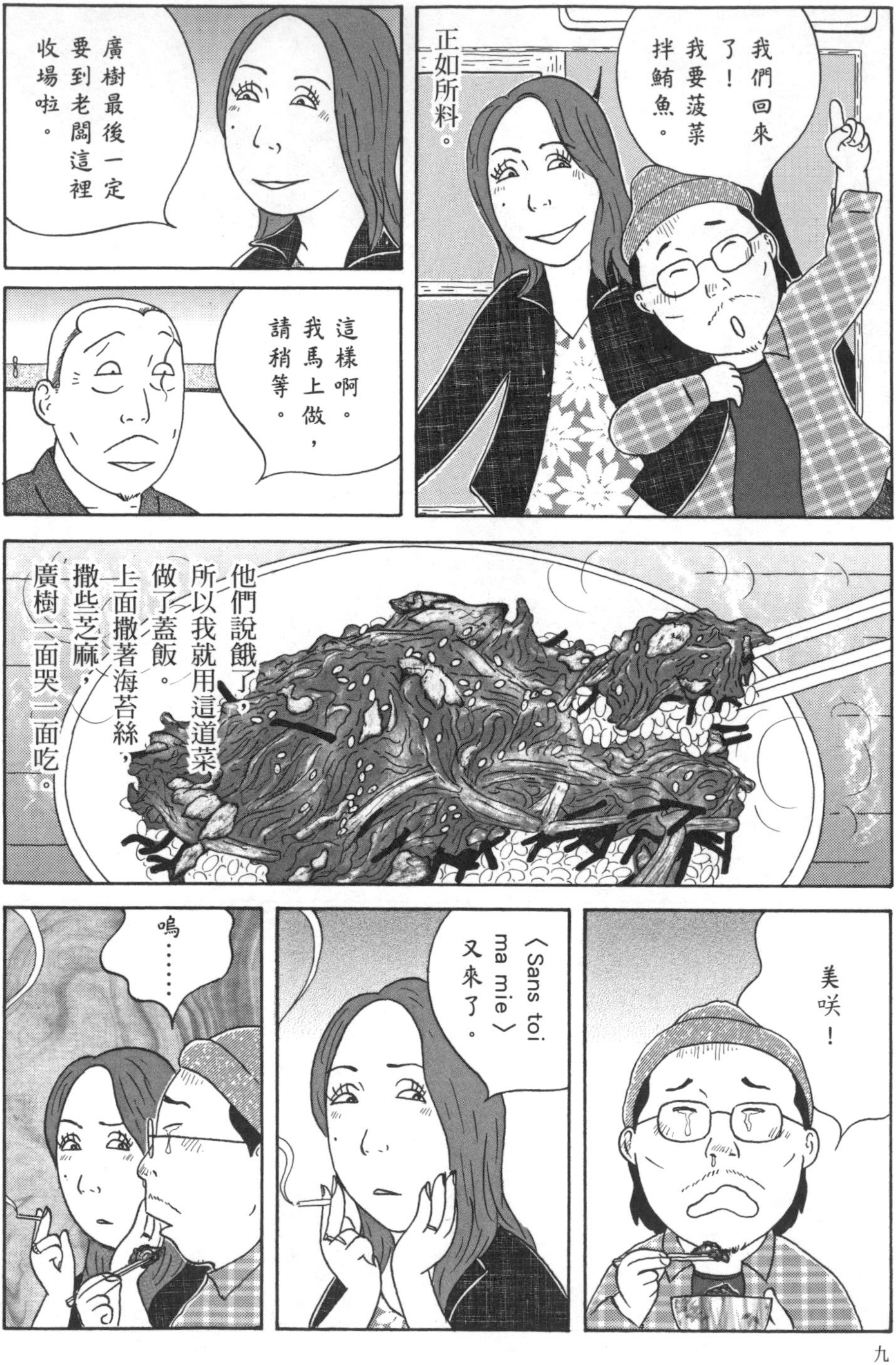
我們回來了！我要菠菜拌鮪魚。
正如所料。
廣樹最後一定要到老闆這裡收場啦。
這樣啊。我馬上做，請稍等。
他們說餓了，所以我就用這道菜做了蓋飯。上面撒著海苔絲，撒些芝麻，廣樹一面哭一面吃。
美咲！
〈Sans toi ma mie〉又來了。
嗚……

那天廣樹哭累醉倒了，亞里莎小姐送他回家。
後來兩個人也會來喝酒，但到了夏天，就突然不來了。
九月底，廣樹自己一個人來了。
花園三番街
SNACK
トーマ
bar
dogora
ガラオ
亞里莎小姐跟前任伴侶重修舊好，就不來邀我了。
前任伴侶？
以前跟她一起住的淳子小姐。
亞里莎小姐是雙性戀。
這麼說來，小壽壽桑說過。亞里莎小姐其實喜歡女性勝於男性。
廣樹好像已經完全振作起來了。
吃菠菜拌鮪魚，也不會哭了。

那年年底，
亞里莎小姐
帶著她的伴侶來了。
歡迎光臨。亞里莎小姐?!
因為懷上了，所以決定生。
好像是廣樹喝醉哭累了的那天，那天我們一時糊塗了。
這件事廣樹知道嗎？
我沒說，也不打算說。我不可能跟他結婚。
因為我要跟淳子兩個人一起養孩子。對吧？
嗯！
時代變了啊。
是不是有一天
女人會不需要男人了?!

第305夜◎香鬆

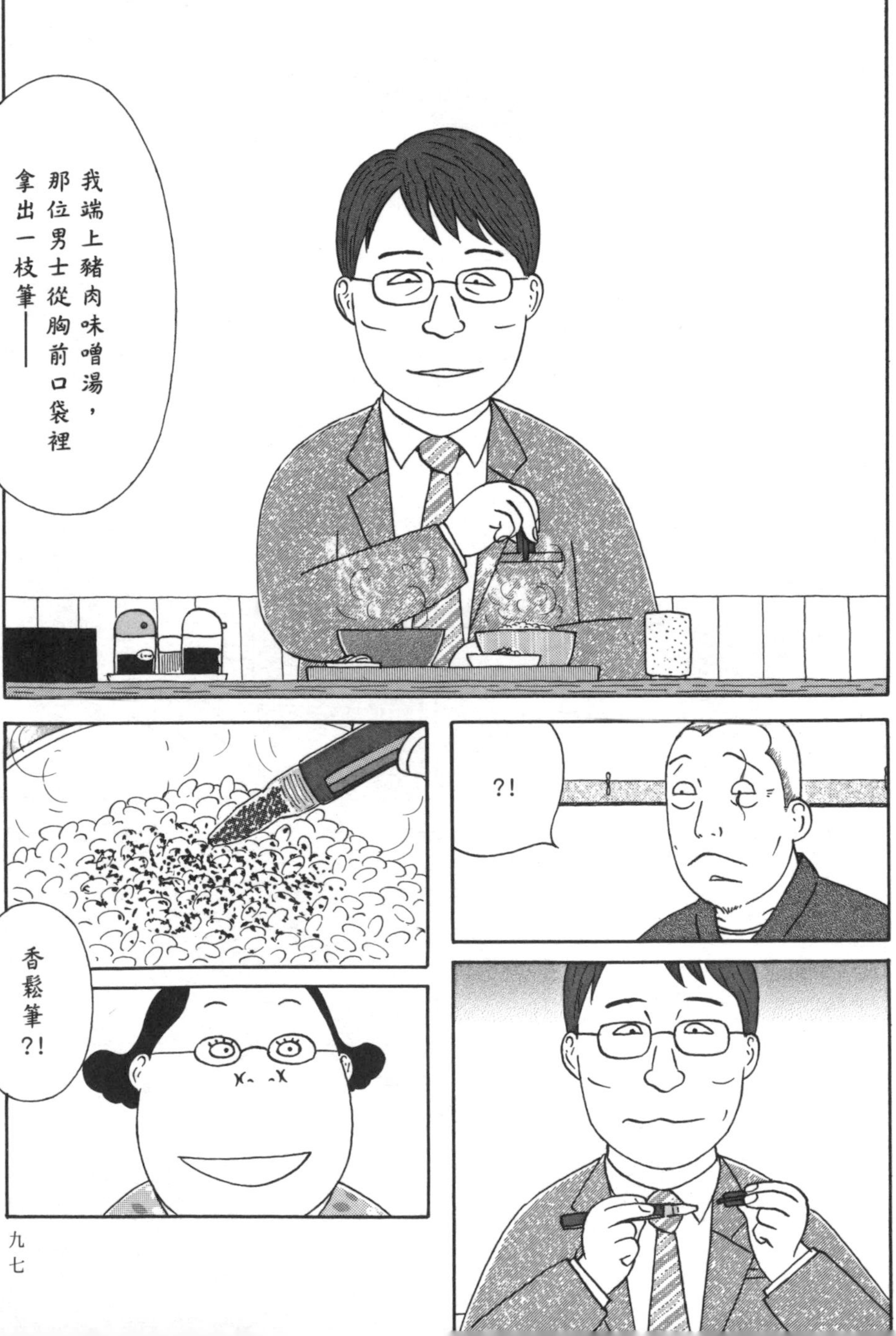
我端上豬肉味噌湯，
那位男士從胸前口袋裡
拿出一枝筆——
?!
香鬆筆?!

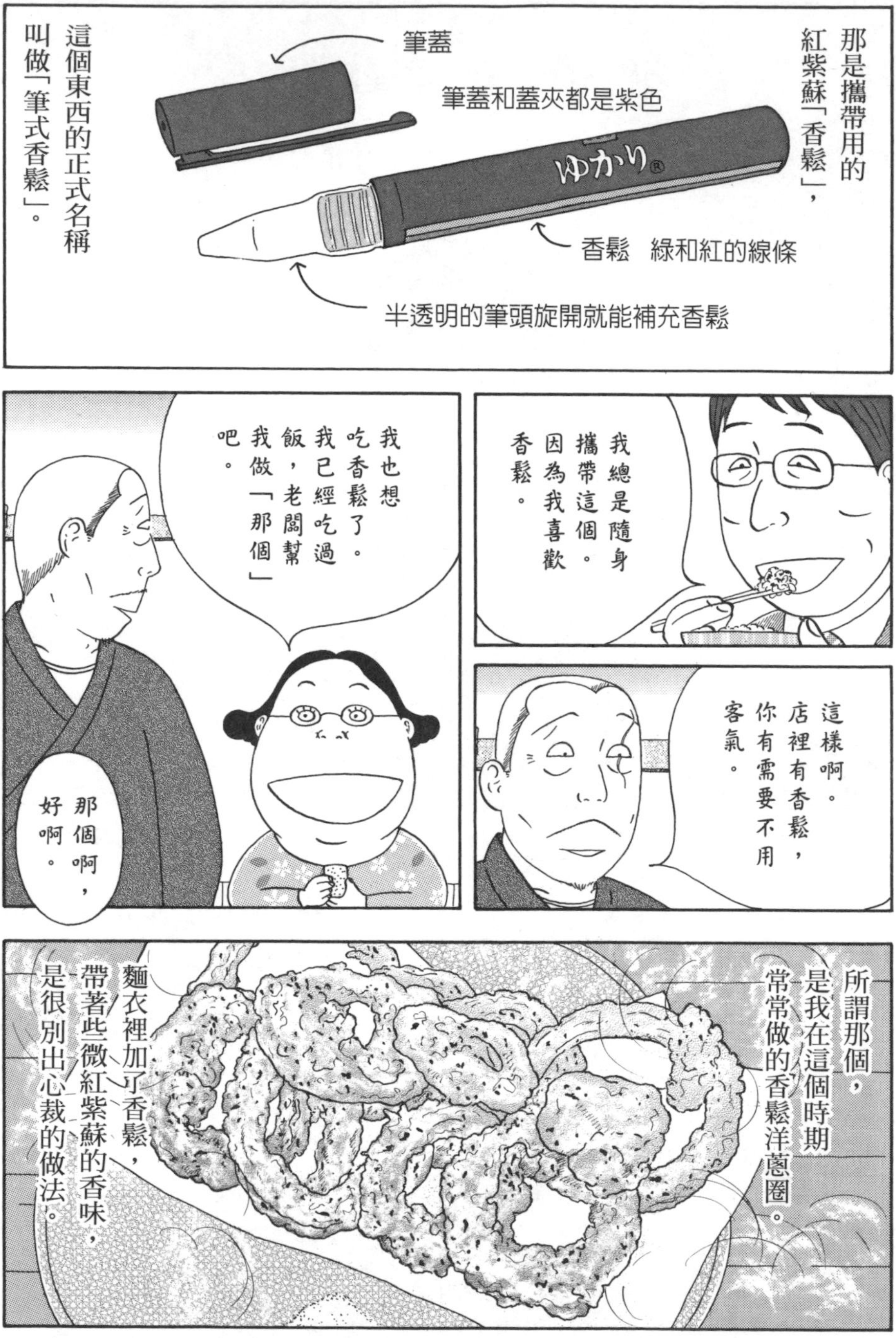
那是攜帶用的紅紫蘇「香鬆」，
筆蓋
筆蓋和蓋夾都是紫色
ゆかり®
香鬆　綠和紅的線條
半透明的筆頭旋開就能補充香鬆
這個東西的正式名稱叫做「筆式香鬆」。
我總是隨身攜帶這個。因為我喜歡香鬆。
我也想吃香鬆了。我已經吃過飯，老闆幫我做「那個」吧。
這樣啊。店裡有香鬆，你有需要不用客氣。
那個啊，好啊。
所謂那個，是我在這個時期常常做的香鬆洋蔥圈。
麵衣裡加了香鬆，帶著些微紅紫蘇的香味，是很別出心裁的做法。

贊助／東京荻窪「十一」

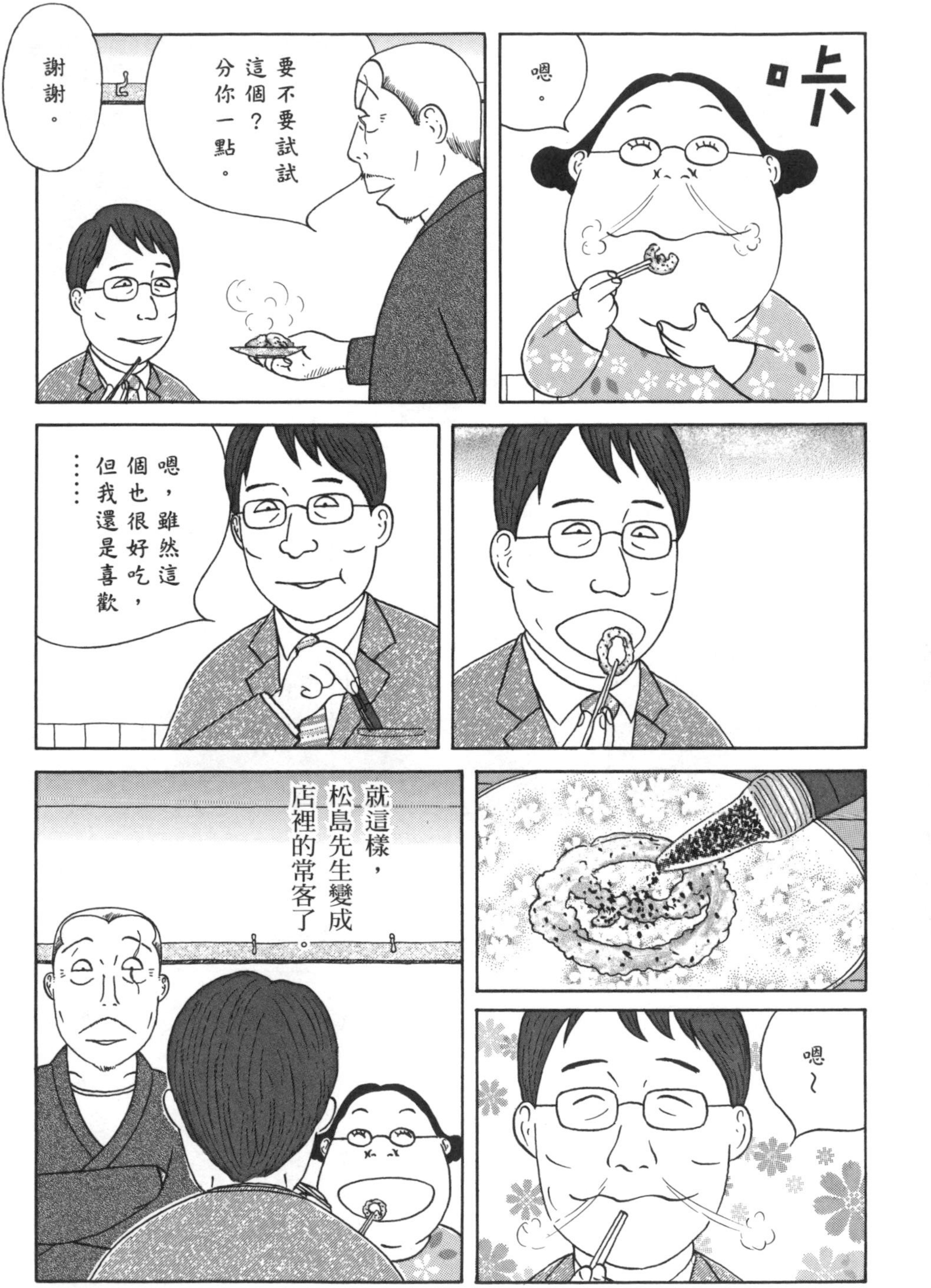
咔
嗯。
要不要試試這個？分你一點。
謝謝。
嗯，雖然這個也很好吃，但我還是喜歡……
就這樣，松島先生變成店裡的常客了。
嗯～

週末，松島先生跟常客庸醫笹原醫生一起來了。
我和松島是高中同學。
上次就是笹原告訴我這裡我才來的。
原來如此啊。
去年我們在同學會上碰見，三十年不見啦。
那是香鬆?!
嗯。
對了對了，松島的便當裡，總是撒著香鬆。

松島打開便當蓋子的時候，總是有紫蘇的香味。所以我也跟我媽媽說便當裡要放香鬆。
……
替松島做便當的媽媽，今年年初去世了。
啊，對不起，讓你想起傷心事了……
松島先生家原本是殷商。爸爸早早去世，之後母子相依為命，一直到母親去世。
吃飯怎麼辦？
幾乎都是外食。偶爾在便利店買便當，吃得索然無味……

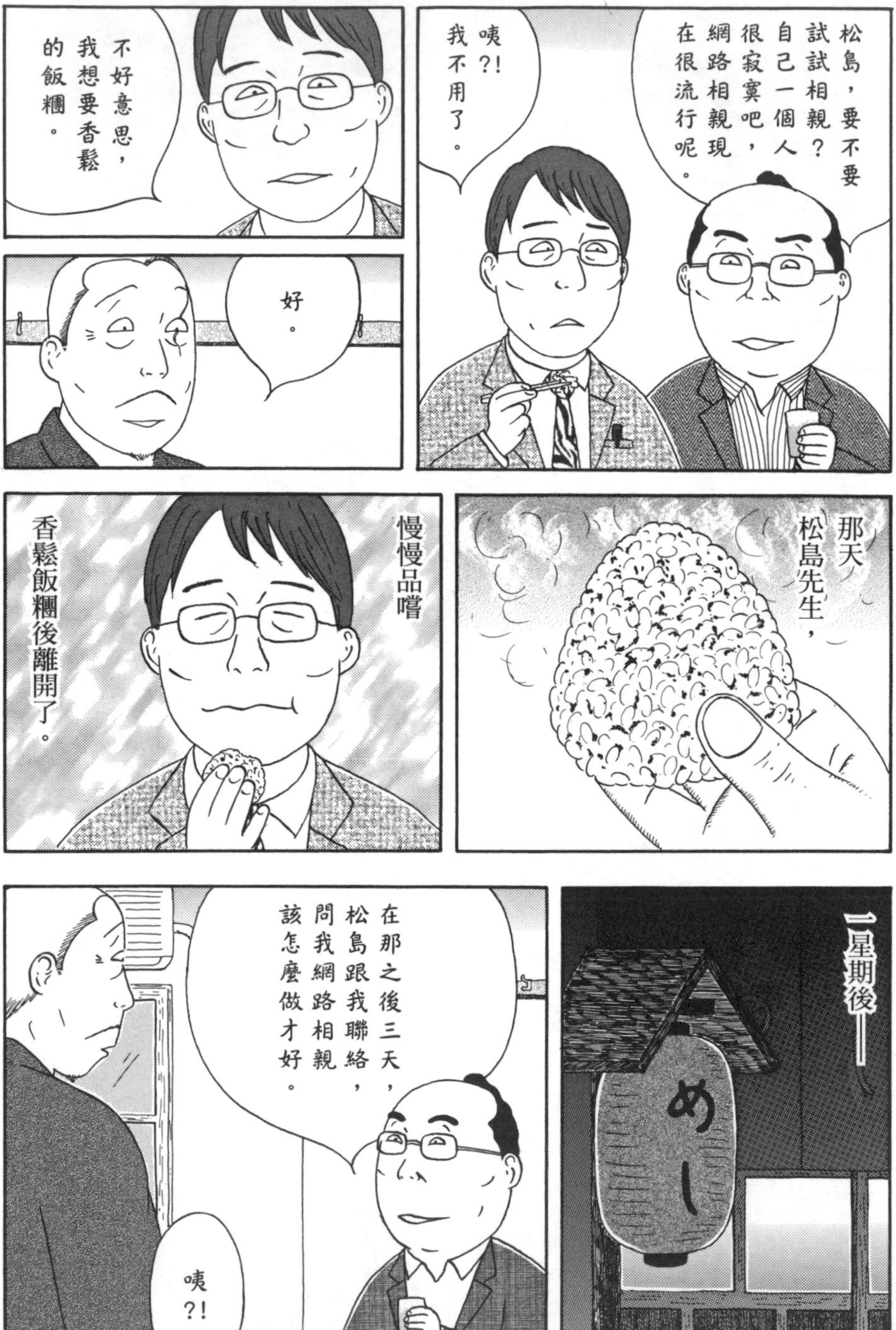
松島，要不要試試相親？自己一個人很寂寞吧，網路相親現在很流行呢。
咦?! 我不用了。
不好意思，我想要香鬆的飯糰。
好。
那天 松島先生，
慢慢品嚐
香鬆飯糰後離開了。
一星期後——
在那之後三天，松島跟我聯絡，問我網路相親該怎麼做才好。
咦?!

我覺得他很寂寞。他一直都跟母親住啊。
松島先生從來沒結過婚嗎？
嗯。他還滿受歡迎的，但是一直跟媽媽住……四十多歲了還帶著媽媽做的便當去上班。
因為便當裡有香鬆吧……
平成結束，連假開始的時候——
大家好。
歡迎光臨。

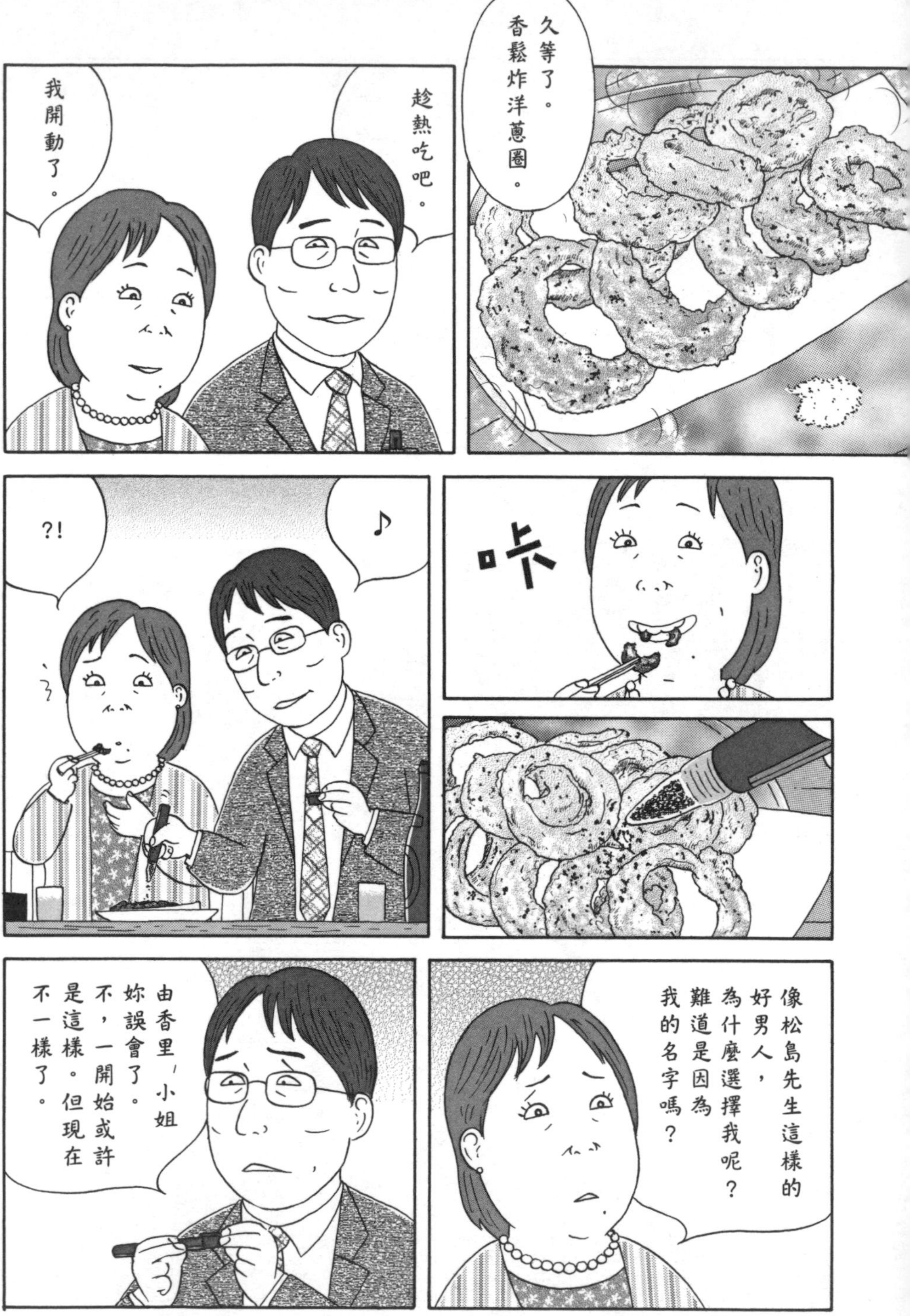
久等了。香鬆炸洋蔥圈。
趁熱吃吧。
我開動了。
咔
♪
?!
像松島先生這樣的好男人，為什麼選擇我呢？難道是因為我的名字嗎？
由香里[1]小姐妳誤會了。不，一開始或許是這樣。但現在不一樣了。

1 由香里（ゆかり）與香鬆同音。

無論是做為人，做為女性，做為養育兒子的母親，妳強大的包容力非常吸引我。
由香里小姐，相信我好嗎？
我本來就喜歡由香里小姐這一型的。
哎喲……這可怎麼辦……
對不起……我沒有自信……
在那之後他們交往十分順利，松島先生和由香里小姐偶爾會來店裡。
這樣啊。交往很順利?!她離過婚還有一個孩子。
H₂O

喀啦
我被由香里小姐甩了……
啊?!
她兒子今年春天大學畢業，到大阪的公司上班，但是卻得了憂鬱症，辭職回家了。
她沒有說清楚，但她兒子好像反對她跟我交往……今天由香里小姐說，她不會再跟我見面了。
我明白她兒子的心情。
我媽媽沒有再婚，也是因為我反對……

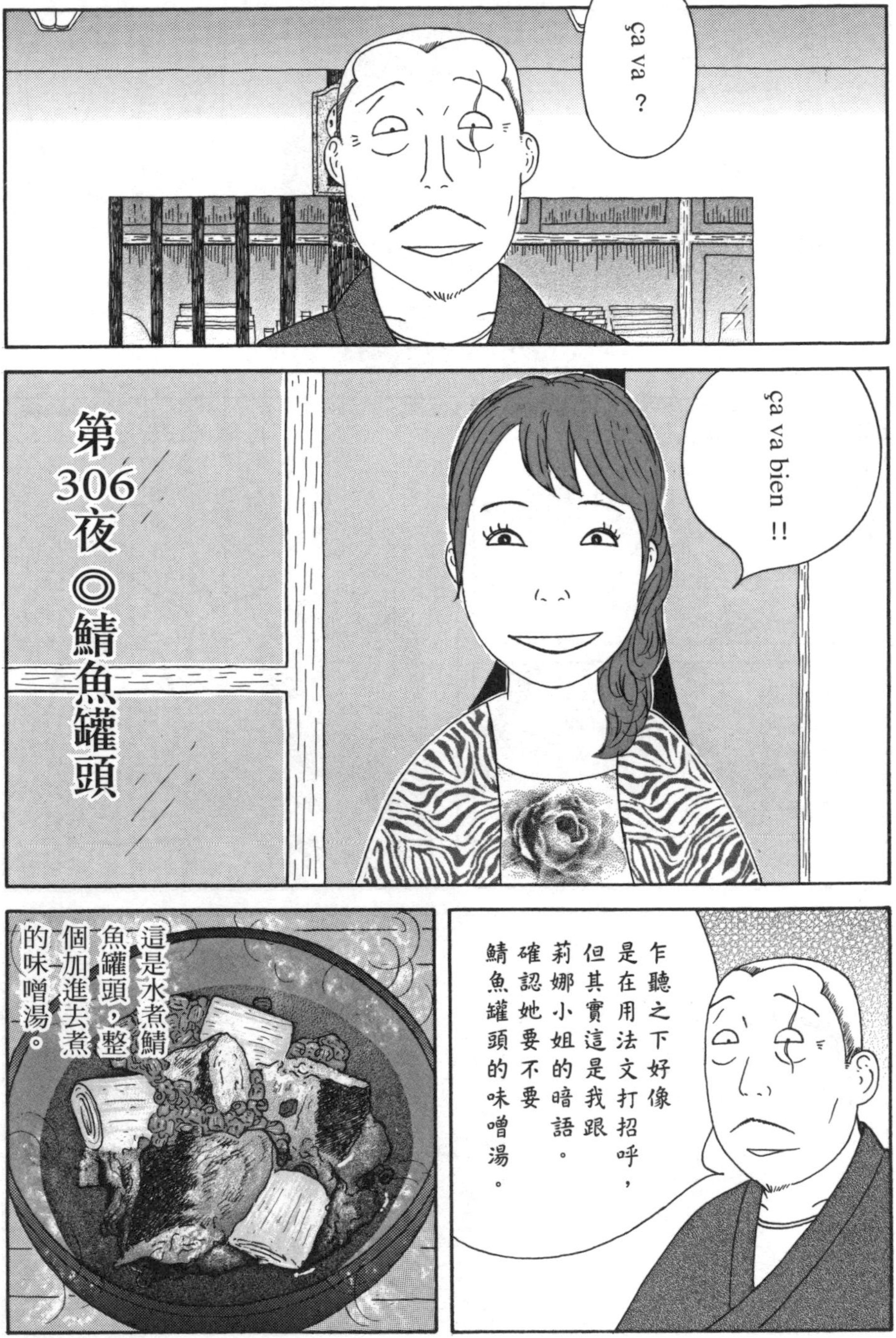
ça va ?
ça va bien !!
第306夜◎鯖魚罐頭
乍聽之下好像是在用法文打招呼，但其實這是我跟莉娜小姐的暗語。確認她要不要鯖魚罐頭的味噌湯。
這是水煮鯖魚罐頭，整個加進去煮的味噌湯。

嗯，就是這個！
莉娜小姐是銀座夜總會的小姐，多半都是在離開歌舞伎町的牛郎俱樂部之後，才來店裡。
鯖魚罐頭的味噌湯，真是與眾不同啊。
這樣嗎？在長野很常見的。
我看電視了！現在鯖魚罐頭很受歡迎呢。
曾經有一段時間，店裡都沒有賣，現在有很多公司重新推出了。
香蕉減肥的熱潮也是這樣，日本的流行都是來得快去得快的。

那個，鯖魚罐頭在長野還有什麼別的吃法？
跟蘿蔔一起煮，跟番茄一起煮，然後就是鯖魚咖哩，我阿嬤常常做。
鯖魚咖哩啊……
妳偶爾會回長野嗎？
不，自從阿嬤的葬禮之後，我就沒回去過了。
老闆，我要鯖魚咖哩！
咦?!
店裡的咖哩加入鯖魚罐頭，真由美說，這是海鮮咖哩呢，說著就吃完了。

狼
莉娜小姐，我來介紹，這是新人啟介。
我是啟介，請多指教。
你不是啟太嗎?!
姐姐！
……
沒想到會在牛郎店碰到啟太。
我也是。
めし

還是學生嗎？
我在東京上補習班，騎輕型機車撞上了進口車……
只好借錢賠償，再在牛郎俱樂部賺錢還債。
讓媽媽幫你還不就好了嗎？只要啟太開口，媽媽什麼都會答應的。
我說不出口。她不會給錢，會把我帶回長野吧。她根本反對我在東京當重考生的。
總之不要去牛郎店上班，回去念補習班吧。你欠的錢，姐姐幫你還。
咦，真的?!
交給我吧！老闆，ça va？
ça va bien！

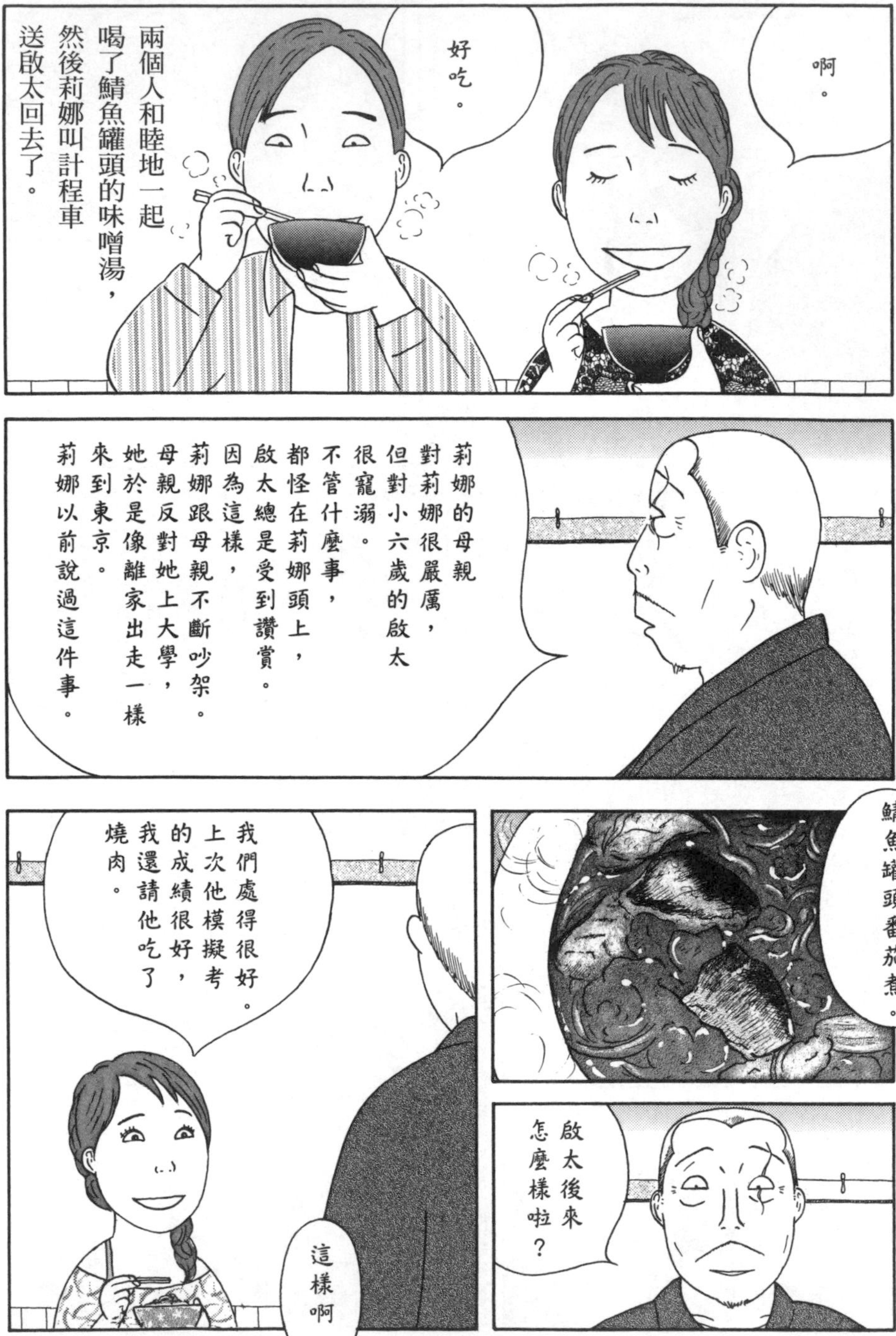
啊。
好吃。
兩個人和睦地一起喝了鯖魚罐頭的味噌湯，然後莉娜叫計程車送啟太回去了。
莉娜的母親對莉娜很嚴厲，但對小六歲的啟太很寵溺。不管什麼事，都怪在莉娜頭上，啟太總是受到讚賞。因為這樣，莉娜跟母親不斷吵架。母親反對她上大學，她於是像離家出走一樣來到東京。莉娜以前說過這件事。
鯖魚罐頭番茄煮。
我們處得很好。上次他模擬考的成績很好，我還請他吃了燒肉。
啟太後來怎麼樣啦？
這樣啊。

啟太以前就很黏我。我還替他換過尿布呢。嘻嘻。
最近妳跟令堂處得如何？
還是一樣。四年前阿嬤葬禮時我們大吵一架，就斷絕了聯絡。啟太也說沒跟媽媽講我的事……
就在此時，莉娜的手機響了。
啟太？咦，肚子痛?!快叫救護車。不，等一下，我馬上過去。
老闆，對不起。
啊，沒關係。快點去吧。

結果是盲腸炎。
噗
放屁了。
放屁了，太好了。
嗯。
啟太，你沒事吧？
媽媽。

啊，太好了。媽媽擔心死了。
幸好有姐姐在，幫了我大忙。
莉娜，一定是妳吧？是妳唆使啟太到東京來，所以才會發生這種事……
啊？不知道妳在說什麼。妳什麼事都要怪到我頭上！
妳跟媽媽說話是什麼口氣!!
妳這種惡婆娘還說什麼!!
拜託
不要吵了!!

好痛……
媽媽跟姐姐都是我最重要的家人，不要再吵架了！
啟太……
但是呢，合不來的就是合不來，就算是母女也一樣。
我媽對鯖魚過敏。
啊……真好吃。

第 307 夜◎鯛魚大餐

連假十天，雖然一直下雨，今天卻特別熱鬧。過了十二點，「令和」剛剛開始。
大家好！
喲，各位都來了。
我們想在深夜食堂，迎接令和的開始。

那麼，我們就慶祝令和元年，
乾杯！
乾杯！
乾杯！
乾杯！
這樣是第一次吧？
嗯。平成開始的時候，昭和天皇去世，大家都很肅穆。
那個時候，昭和時代結束的感覺比較強烈啊。

我那時還是小學生，只有模糊的記憶……
茶泡飯姊妹，今天少了一個人啊。
留美回九州去參加外甥的婚禮了。
外甥竟然比她先結婚，她很沮喪呢。
今天是吉日，到處的婚宴會場都爆滿啊。
老闆，你有沒有準備慶祝的料理啊？
有鯛魚喔。
喲，整條的嗎？
不，只有頭。鯛魚的兜煮。
然後還有生魚片和鯛魚清湯。

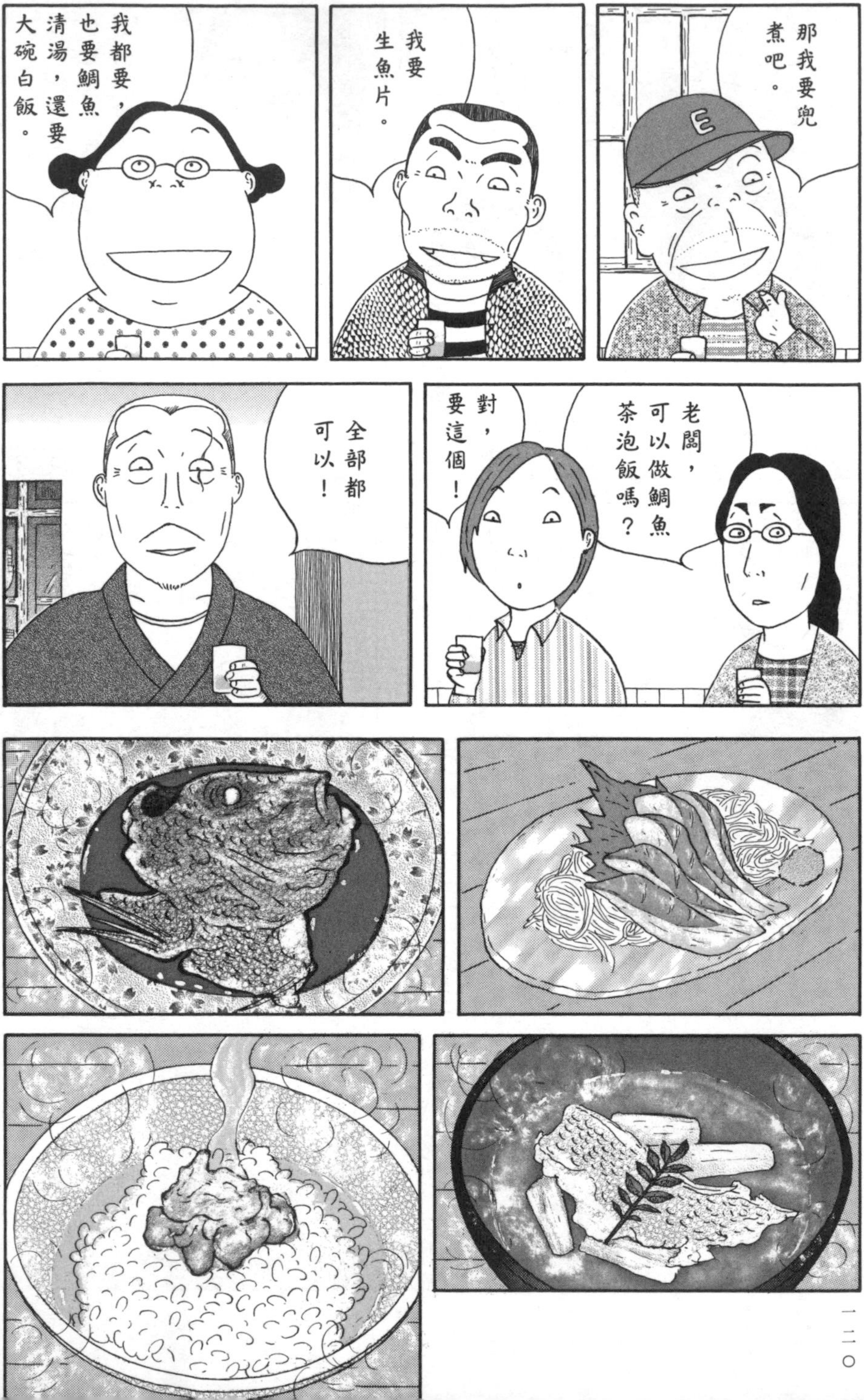
那我要兜煮吧。
我要生魚片。
我都要，也要鯛魚清湯，還要大碗白飯。
老闆，可以做鯛魚茶泡飯嗎？
對，要這個！
全部都可以！

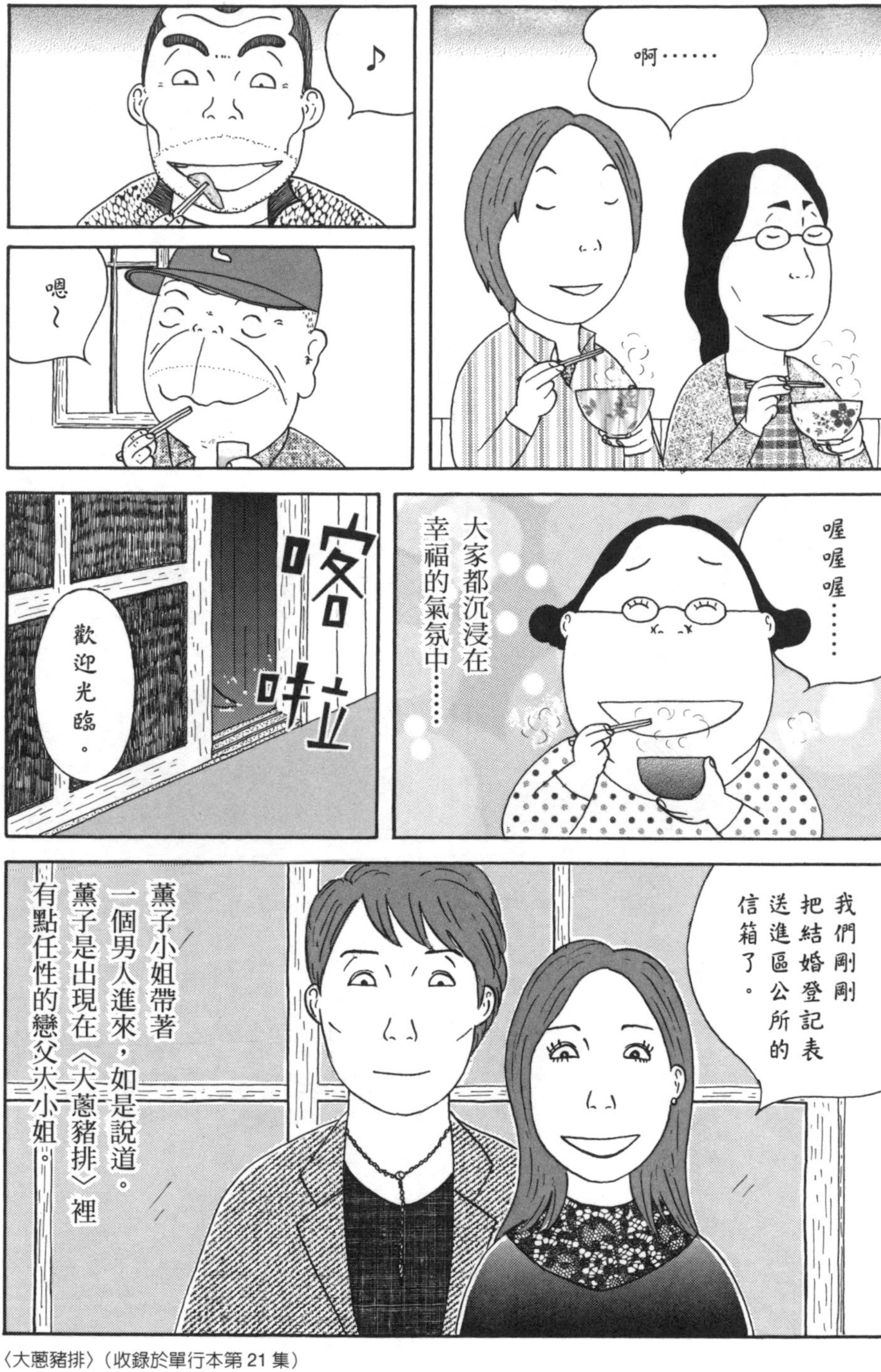
啊……
♪
嗯～
喔喔喔……
大家都沉浸在幸福的氣氛中……
喀啦
歡迎光臨。
我們剛剛把結婚登記表送進區公所的信箱了。
薰子小姐帶著一個男人進來，如是說道。
薰子是出現在《大蔥豬排》裡有點任性的戀父犬小姐。

〈大蔥豬排〉（收錄於單行本第 21 集）

來。
你們倆在哪認識的啊？
相親軟體。
四月一日第一次見面，就一見鍾情了。
交往時間長短不重要。
對！我們倆見面的那一天，就決定一定要在今天提交結婚證書！
咦，那不是才一個月？

出生在昭和年代的薰子，和出生在平成年代的我，在令和年代結婚剛剛好啊。
哼。※
那又怎樣。
好啦，不要一直說我昭和年代昭和年代的，我們只差三歲啊。
因為真的是這樣呀哈哈哈。
哼，壞心眼。
這個時候，他的手機收到了簡訊。
他看了一下，正想把手機收起來——
誰傳來的？讓我看看。
沒……
我們說好了不隱瞞的。快點，讓我看。

這是什麼!!「小雅雅」是誰?!
於是兩個人吵了起來。男朋友惱羞成怒，薰子小姐給了他一巴掌之後憤然離開。他付了帳就走了。
吱
是吧，嘻嘻。
哼，活該。
令和第一樁閃電離婚啊……
喀啦

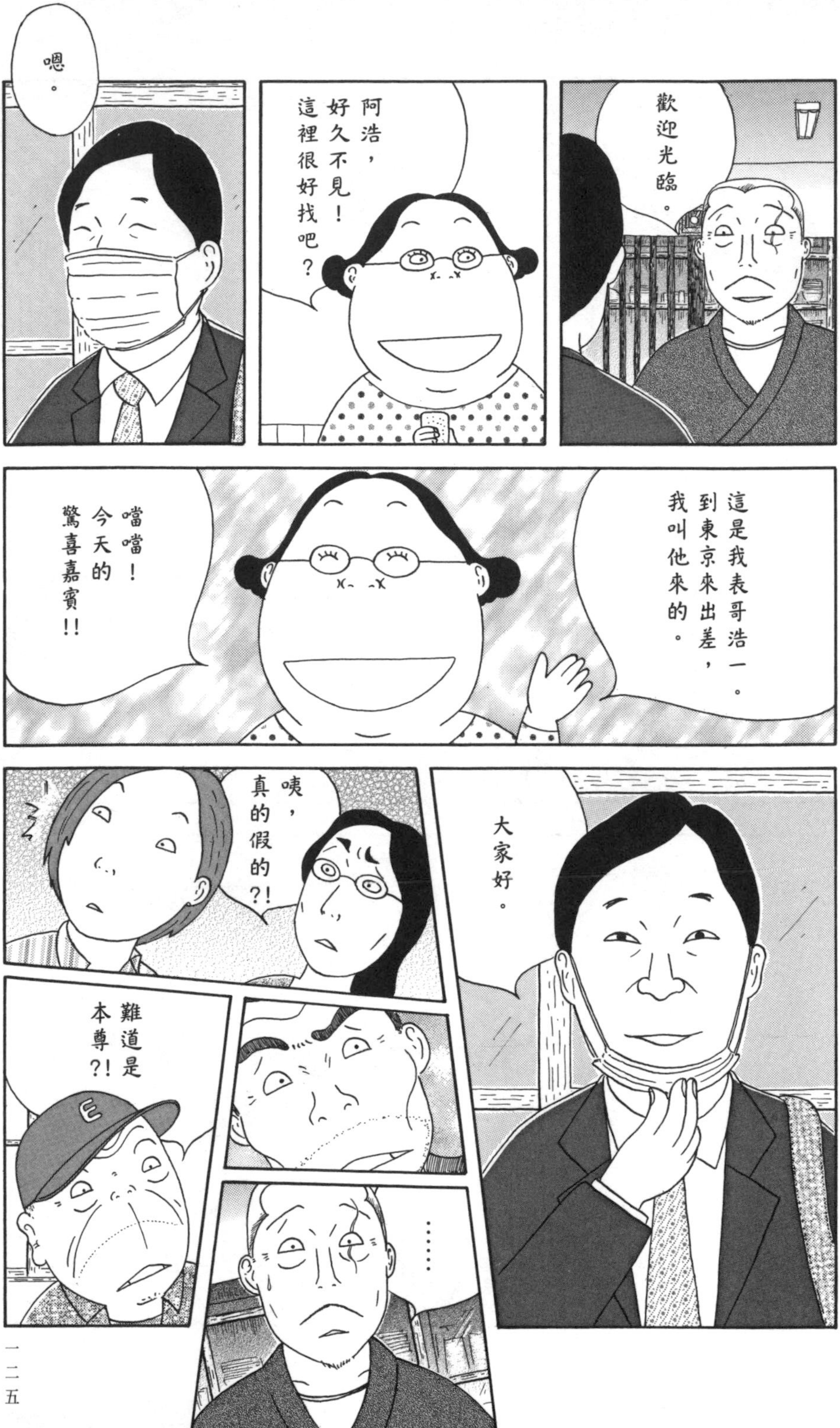
歡迎光臨。
阿浩，好久不見！這裡很好找吧？
嗯。
這是我表哥浩一。到東京來出差，我叫他來的。
噹噹！今天的驚喜嘉賓!!
大家好。
咦，真的假的?!
難道是本尊?!
……

以前其實不像，但換了髮型之後，就有人叫我殿下了……
今天你不要到處走動比較好吧？要不然會引起騷動的。
不好意思，可以合照嗎？
機會難得，大家一起照吧？
既然如此，老闆就揮毫留個紀念啊。
就這樣，
換了年號，還請大家繼續指教喔。
令和

第 308 夜◎深川炊飯

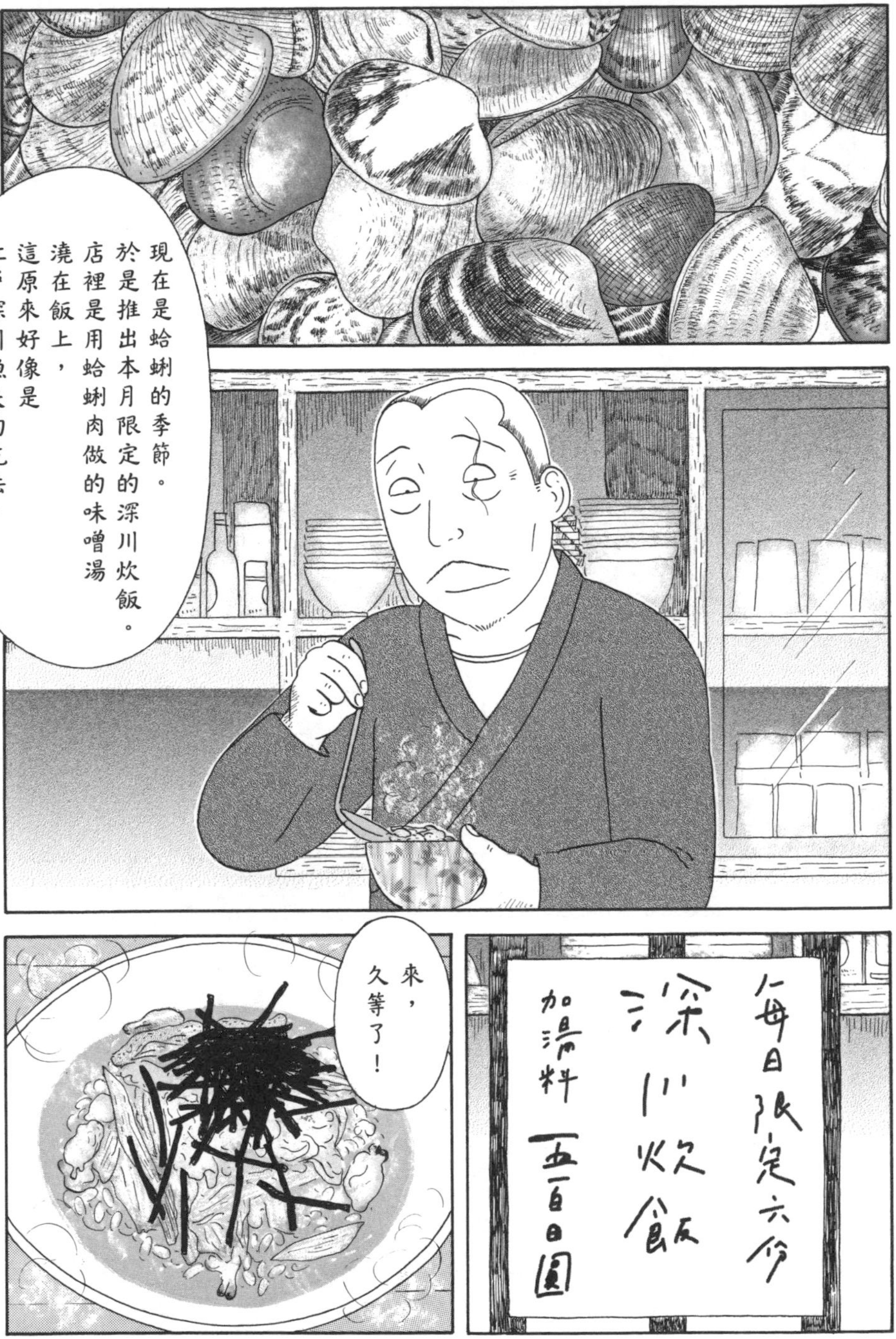
現在是蛤蜊的季節。
於是推出本月限定的深川炊飯。
店裡是用蛤蜊肉做的味噌湯
澆在飯上，
這原來好像是
江戶深川漁夫的吃法。
每日限定六份
深川炊飯
加湯料 五百日圓
來，久等了！

呼
呼
呼
呼
嘶
嘶
夏希小姐出生於深川，是個活潑開朗的上班族。
哈啊……
深川炊飯還是要這種的。
也有人覺得深川炊飯就是用蛤蜊肉去炊飯啊。
我現在的男朋友就是這樣。他說把味噌湯澆在飯上，是很沒品的吃法。
我之前去的店，菜單上寫的深川炊飯就是炊飯，加湯料叫做深川丼。
唔。

喀啦
大家好。
他是在歌舞伎町牛郎俱樂部上班的禮二。
喲，歡迎光臨。
禮二，有深川炊飯喔！
真好。但請先給我啤酒。
好喔。
他們在深川是中學同學，
好久不見。
以前常常在一起玩的。

夏希，最近變得很有女人味啦。
當然啊，我是女人好嗎?!
這星期我男朋友的媽媽要從山梨過來，說想讓我跟他媽媽見面。
嗯。妳男友是做什麼的？
現在在房產仲介公司上班，但好像以後會回山梨去繼承家業，他們家在當地有許多房產，是有名的家族。
那可是金龜婿啊。
嗯！
♬
喂。
夏希接到男友的電話，就爽快地拋下禮二，自己先走了。

那傢伙怎麼回事啊，不是她叫我來的嗎?!
有了男朋友，女人立刻就會冷淡下來啊。
是吧。但是這次看來好像很有希望，那就好了。在此之前她交往的對象，都不是什麼正經人……
禮二你沒跟夏希小姐交往過嗎？
沒有啊。我們都不是對方的菜，我就算跟她睡在一張床上，也什麼事都沒有。所以才能一直維持朋友關係啊。
老闆，我要深川炊飯。
好。

夏希小姐，令尊是做什麼的？
我爸爸是……中學老師。
但是他跟我媽媽離婚之後，我就沒有再見過他。
這樣啊……那令堂呢？
我媽媽……媽媽從事飲食業相關的工作。
飲食相關是什麼？
在錦糸町開小酒館。

這樣啊，令堂現在單身？沒有再嫁？
沒有結婚，但是有同居人……
媽媽！夠了吧。
我們家世差太多了。
他母親好像不中意我。
妳男友怎麼說？
他說會說服他母親，說包在他身上。
咦?!這是怎麼回事？
那個……我想應該不會吧，妳男友的媽媽……
めしや

絹子女士……該說是客人，還是贊助者呢……
前天她說兒子帶女友來見她，女孩的媽媽離了婚，還從事酒肉生意……
騙人，真的嗎?!
接著兩個人就嘀咕了將近一小時……
進入新的月分限定的深川炊飯結束了，但那天我做了炊飯。因為夏希說要帶男朋友來吃。
我特別拜託老闆做的。
很好吃。謝謝。

肚子餓了。要不要去吃深川炊飯？就是蛤蜊炊飯。
好啊，這附近有店嗎？
めし
嗯，在那邊。
喀啦
歡迎光臨。
大家好。
!
?!

那位女士催促禮二立刻離開，夏希的男友則完全驚呆了。
秀平先生，秀平先生……你還好嗎？
めし
一個月後——
後來他母親不再反對了，但我男友……
他大受打擊，一蹶不振。
是我不好啊……
我的贊助人也少了一個。
金龜婿看來是飛了……

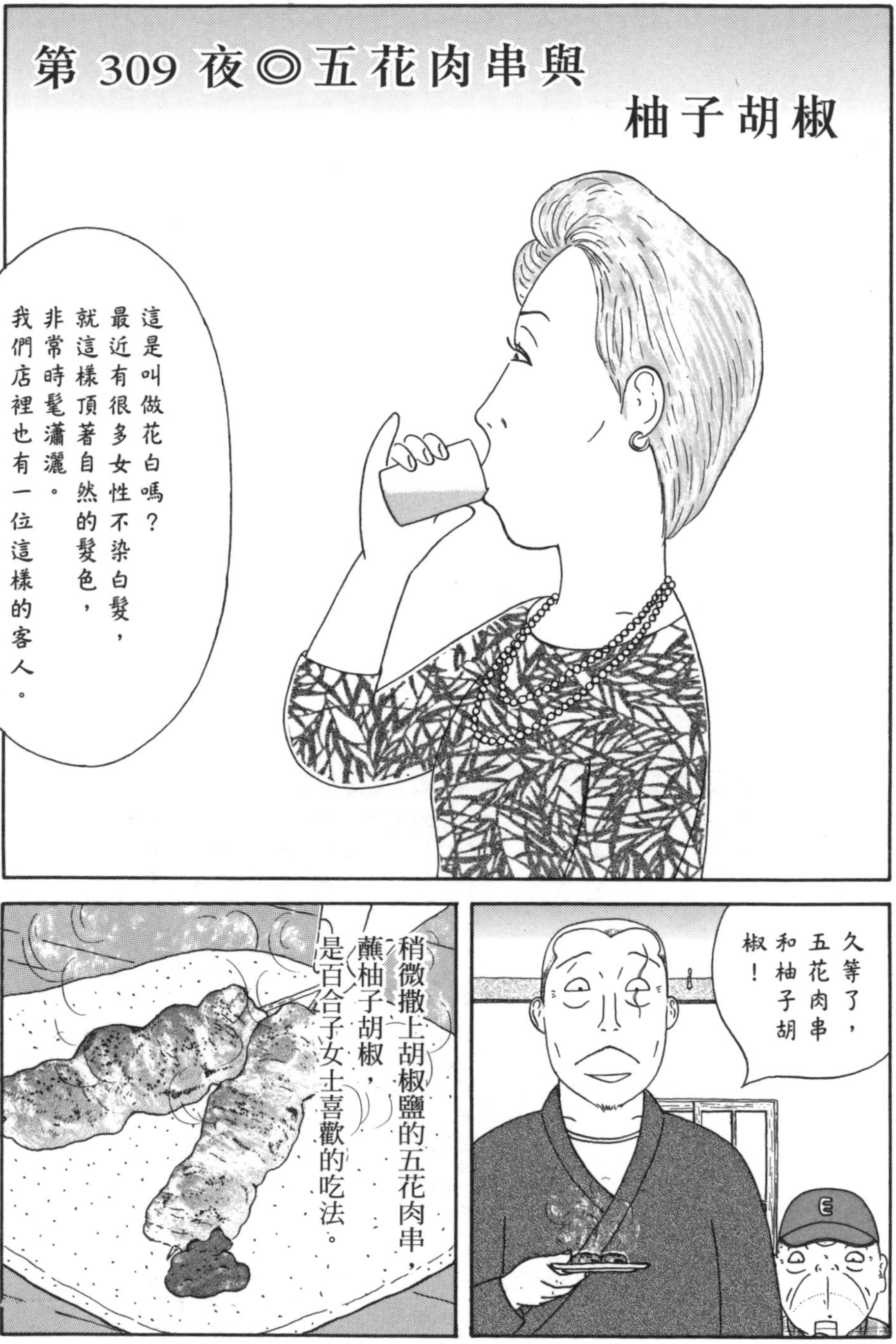
第309夜◎五花肉串與柚子胡椒
這是叫做花白嗎？最近有很多女性不染白髮，就這樣頂著自然的髮色，非常時髦瀟灑。我們店裡也有一位這樣的客人。
久等了，五花肉串和柚子胡椒！
稍微撒上胡椒鹽的五花肉串，蘸柚子胡椒，是百合子女士喜歡的吃法。

百合子女士在外商公司上班，兩個兒子自立之後，就跟老公離婚了。
現在住在市中心的公寓裡，享受單身生活。
百合子女士真好啊。有人會把串燒上的肉剔下來再吃，但串燒就是應該這樣吃的。
嗯……百合子女士，為什麼不染頭髮呢？那樣看起來會更年輕。
染髮又花錢又花時間，而且不自然。所以我五十歲以後就不染了。外表裝年輕，並沒有什麼意思。
不，現在這樣才適合百合子女士。
老闆，謝謝你。再來一瓶啤酒！

喀啦
喲，歡迎光臨。
我要五花肉串加柚子胡椒。
還要燒酒加冰塊。
我要烏龍茶。
好。

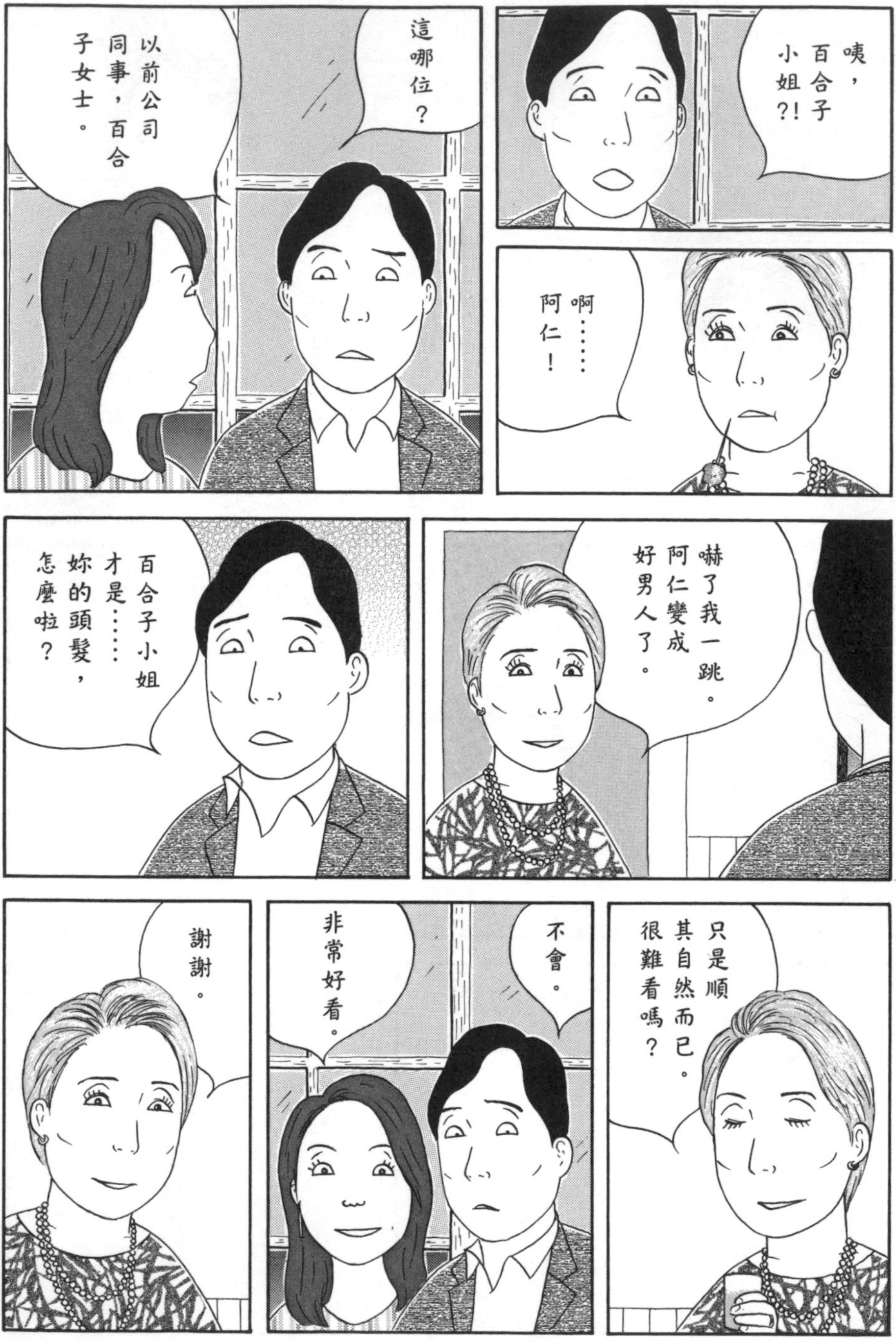
咦，百合子小姐?!
這哪位？
以前公司同事，百合子女士。
啊……阿仁！
嚇了我一跳。阿仁變成好男人了。
百合子小姐才是……妳的頭髮，怎麼啦？
只是順其自然而已。很難看嗎？
不會。
非常好看。
謝謝。

百合子女士離開後——
百合子女士年輕的時候，一定非常漂亮吧。
嗯……
難道你們以前有過一段？
什麼一段？我們只是一起喝酒而已。她比我大上一輪呢。
嗯，好可疑喔……
女人的直覺真不是蓋的。阿仁雖然嘴上那麼說，但直到阿仁換工作之前，兩人都在交往。還一起來過店裡。後來他們突然不來了。百合子女士之後一個人出現，頭髮已經是花白的了。阿仁上次來，也相隔了十幾年。
週末——
BAR
シルバ
2F
ク

大家好。
咦?!歡迎光臨。
沒想到阿仁還會約我出來。
還記得這個嗎?
五花肉串蘸柚子胡椒,是百合子小姐教我的吃法。

兩人都好年輕啊。
我四十歲，阿仁二十八吧。我從那個時候就開始染髮了。
跟年輕男人交往，真的很辛苦。
我已經斷捨離了。
雖然年齡的差距無法改變，但如果妳願意的話，再跟我……
不做多餘的事情，丟掉不需要的東西。染頭髮也是。孩子養大了，老公也離了。嘻嘻……
斷捨離之後，真的無事一身輕。老闆，再來四串五花肉！
好。

吃完串燒，百合子女士就拋下阿仁離開了。
我也被捨棄了吧……
可能喔。
過了大概十天，百合子女士跟阿仁的女朋友麻美小姐一起來了。
她們在別處喝得很高興，兩人興致都很高昂。
她們說是在晚場電影散場時巧遇的。
百合子女士，現在有交往的對象嗎？
我現在已經不做那種事了。

頭髮花白，男人不會退避三舍嗎？
一開始會。但習慣就好了。
他好介意我的白頭髮。我白頭髮很多，只好染髮，但長出來的時候他都會注意到。
那就不要染。
不要介意周圍的雜音。勉強自己，是最糟糕的。
我現在非常幸福。老實說，桃花運比以前還好呢。嘻嘻。
要是被阿仁甩了，我介紹我們公司的男人給妳吧？雖然都是老外。
真的嗎？那就拜託了！

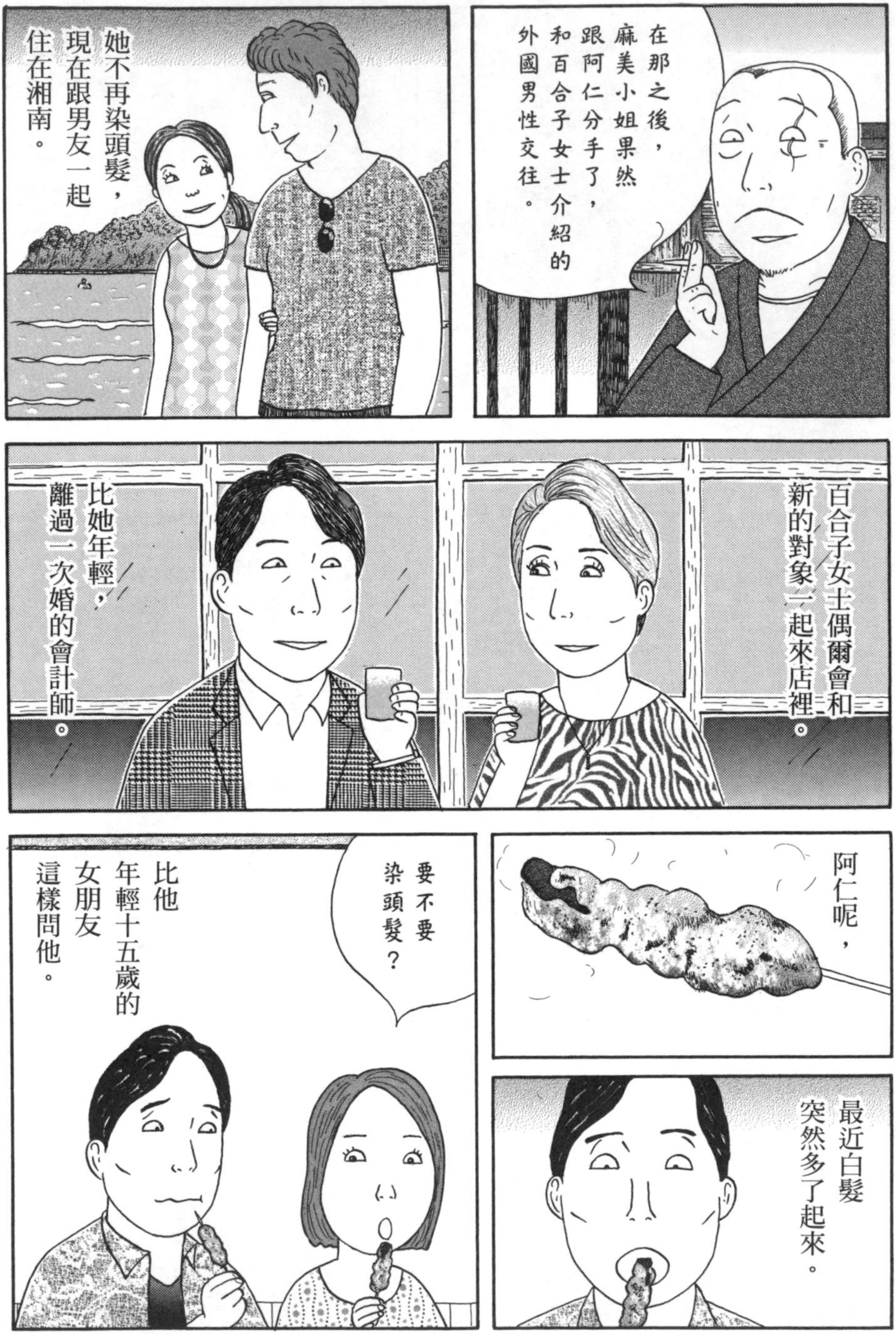
在那之後，麻美小姐果然跟阿仁分手了，和百合子女士介紹的外國男性交往。
她不再染頭髮，現在跟男友一起住在湘南。
百合子女士偶爾會和新的對象一起來店裡。
比她年輕，離過一次婚的會計師。
阿仁呢，
要不要染頭髮？
比他年輕十五歲的女朋友這樣問他。
最近白髮突然多了起來。

令和開始，今後也請多多指教。

深夜食堂1～22已出版，還會繼續下去唷。

《深夜食堂料理特輯》《深夜食堂勝手口》
《酒友，飯友》《深夜食堂料理帖》
《深夜閒話》《四萬十食堂》 也有眾多好滋味。

深夜食堂

深夜食堂YY0322

深夜食堂22

作者

安倍夜郎（Abe Yaro）

一九六三年二月二日生。曾任廣告導演，二〇〇三年以《山本掏耳店》獲得「小學館新人漫畫大賞」，之後正式在漫畫界出道，成為專職漫畫家。《深夜食堂》在二〇〇六年開始連載，隔年獲得「第五十五回小學館漫畫賞」及「第三十九回漫畫家協會賞大賞」。由於作品氣氛濃郁，風格特殊，五度改編日劇播映。同時於二〇一五年首度改編成電影，二〇一六年再拍電影續集。

譯者

丁世佳

以文字轉換糊口二十餘年，英日文譯作散見各大書店。對日本料理大大有愛；一面翻譯《深夜食堂》一面照做老闆的各種拿手菜。

裝幀設計　黑木香
美術設計　佐藤千惠+Bay Bridge Studio
版面構成　陳恩安
內頁排版　黃雅藍
手寫字體　鹿夏男
行銷企劃　李倉緯
版權負責　陳柏昌、李佳翰
副總編輯　梁心愉

初版一刷　二〇一九年十一月四日
初版三刷　二〇二一年十一月三十日
定價　新臺幣二四〇元

ThinKingDom 新經典文化
發行人　葉美瑤
出版　新經典圖文傳播有限公司
地址　臺北市中正區重慶南路一段五七號一一樓之四
電話　02-2331-1830　傳真　02-2331-1831
讀者服務信箱　thinkingdomtw@gmail.com

總經銷　高寶書版集團
地址　臺北市內湖區洲子街八八號三樓
電話　02-2799-2788　傳真　02-2799-0909
海外總經銷　時報文化出版企業股份有限公司
地址　桃園縣龜山鄉萬壽路二段三五一號
電話　02-2306-6842　傳真　02-2304-9301

深夜食堂 / 安倍夜郎作 ; 丁世佳譯. -- 初版. --
臺北市 : 新經典圖文傳播, 2019.11-
148面 ; 14.8X21公分

ISBN 978-986-98015-5-3（第22冊 : 平裝）